O REPRIMIDO

Agatha Christie®

O REPRIMIDO

Tradução de Pedro Gonzaga

www.lpm.com.br
L&PM POCKET

COLEÇÃO 96 PÁGINAS

Coleção **L&PM** POCKET, vol. 1373

Texto de acordo com a nova ortografia.
Este conto foi extraído do livro *Todos os contos de Hercule Poirot*
Título original do conto: *The Under Dog*
Esta edição na Coleção **L&PM** POCKET: janeiro de 2025

Tradução: Pedro Gonzaga
Capa: L&PM Editores
Revisão: L&PM Editores

CIP-Brasil. Catalogação na Publicação
Sindicato Nacional dos Editores de Livros, RJ.

C479r

Christie, Agatha, 1890-1976
O reprimido / Agatha Christie; tradução Pedro Gonzaga. – 1. ed. – Porto Alegre [RS]: L&PM, 2025.
96 p. ; 18 cm.

Tradução de: *The Under Dog*
ISBN 978-65-5666-547-4

1. Ficção inglesa. I. Gonzaga, Pedro. II. Título.

25-95715 CDD: 823
CDU: 82-3(410.1)

Gabriela Faray Ferreira Lopes - Bibliotecária - CRB-7/6643

Rua Comendador Coruja, 314, loja 9 – Floresta – 90.220-180
Porto Alegre – RS – Brasil / Fone: 51.3225.5777

Pedidos & Depto. Comercial: vendas@lpm.com.br
Fale conosco: info@lpm.com.br
www.lpm.com.br

Impresso no Brasil
Verão de 2025

O REPRIMIDO

"The Under Dog" foi publicado pela primeira vez nos Estados Unidos na *Mystery Magazine* em 1º de abril de 1926, e então na *London Magazine* em outubro de 1926.

Lily Margrave alisou as luvas sobre os joelhos num gesto nervoso e lançou um olhar para o ocupante da grande poltrona à sua frente.

Ela ouvira falar de *Monsieur* Hercule Poirot, o famoso investigador, mas era a primeira vez que o via em carne e osso.

O aspecto cômico e quase ridículo que ele apresentava provocara um distúrbio na concepção que havia feito dele. Poderia esse homenzinho engraçado, com a cabeça em forma de ovo e o enorme bigode, realmente fazer as maravilhas que lhe atribuíam? No momento, aquilo de que se ocupava parecia a ela algo particularmente infantil. Ele empilhava pequenos blocos de madeira coloridos, um sobre o outro, e parecia bem mais interessado nos resultados da atividade do que na história que ela lhe contava.

No entanto, diante do silêncio súbito dela, ele a encarou agudamente.

– *Mademoiselle*, continue, por favor. Não pense que não lhe dou atenção, posso lhe garantir que é justamente o contrário.

Começou a empilhar os pequenos blocos novamente, um sobre o outro, enquanto a voz da garota retomava a história. Era uma história horripilante, uma história de violência e tragédia, mas a voz seguia tão calma e indiferente, o relato era tão conciso que qualquer coisa de humano parecia ter sido deixada de fora dele.

Por fim ela terminou.

– Espero – ela disse com ansiedade – que eu tenha esclarecido tudo.

Poirot, de modo enfático, assentiu diversas vezes com a cabeça. Derrubou os blocos de madeira com um golpe de mão, espalhando-os sobre a mesa, e, recostando-se na poltrona, as pontas dos dedos pressionadas umas contra as outras e os olhos no teto, começou a recapitular.

– *Sir* Reuben Astwell foi morto dez dias atrás. Na quarta-feira, anteontem, o sobrinho dele, Charles Leverson, foi preso pela polícia. As evidências contra ele são, até o presente momento, pelo que sabemos, e corrija-me, *mademoiselle*, se eu estiver errado, as seguintes: *Sir* Reuben ficou escrevendo até tarde em seu recanto especial, a sala da Torre. O sr. Leverson chegou tarde e entrou usando uma chave de trinco. A discussão que teve com o tio foi ouvida pelo mordomo, cujo quarto está posicionado exatamente embaixo da sala da Torre. A discussão terminou com um repentino e surdo baque, como se uma cadeira tivesse sido derrubada, seguido de um grito abafado.

"O mordomo ficou alarmado e pensou em se levantar para ver o que estava acontecendo, mas, alguns segundos depois, ouviu o sr. Leverson deixar o quarto, assobiando animadamente uma melodia, e assim tirou o assunto da cabeça. Na manhã seguinte, no entanto, uma criada descobriu o corpo de *Sir* Reuben junto à escrivaninha. Ele fora golpeado por algum tipo de instrumento pesado. O mordomo, suponho, ainda não contou sua versão da história para a polícia. Era de esperar, presumo. Não é verdade, *mademoiselle*?"

A pergunta abrupta fez Lily Margrave se assustar.

– O que foi que o senhor disse?

– Sempre esperamos que esse tipo de assunto seja tratado com humanidade, não é mesmo? – disse o homenzinho. – Enquanto a senhorita me fazia o seu relato, de modo tão admirável, tão conciso, transformava os atores deste drama em meras marionetes. Quanto a mim, porém, busco sempre os aspectos da natureza humana. Digo para meus botões que esse mordomo, como é mesmo o nome dele?

– Seu nome é Parsons.

– Esse Parsons, então, manterá os elementos característicos de sua classe, resistirá fortemente a revelar algo à polícia, dirá a eles o mínimo possível. Acima de tudo, não dirá nada que possa incriminar um membro da família. Um invasor, um assaltante, ele vai se aferrar a essa ideia com toda a força de uma extrema obstinação. Sim, a lealdade das classes servis é um interessante tema de estudo.

Radiante, ele voltou a se recostar.

– Nesse meio-tempo – continuou –, todos os moradores da casa já deram suas versões dos fatos, o sr. Leverson entre eles, e na versão dele o que consta é que chegou já tarde e foi dormir, sem ver o tio.

– Foi isso o que ele disse.

– E ninguém viu motivo para duvidar – refletiu Poirot –, excetuado, claro, Parsons. Então aparece um inspetor da Scotland Yard, inspetor Miller, a senhorita disse, não? Eu o conheço. Cruzei com ele uma ou duas vezes no passado. Ele é o que chamam de um sujeito arguto, um investigador, um farejador.

"Sim, eu o conheço! E o arguto inspetor Miller, bem, ele vê o que o inspetor local não tinha visto, que Parsons está ansioso e incomodado, e que sabe de alguma coisa que ainda não revelou. *Eh bien*, ele tem pouco trabalho com o Parsons. A essa altura, já está devidamente provado que ninguém invadiu a casa naquela noite, que o assassino deve ser procurado dentro e não fora da casa. E Parsons está infeliz e assustado e se sente mais do que aliviado de ter o segredo arrancado de si.

"Ele tinha dado o seu melhor para evitar um escândalo, mas há limites; e então o inspetor Miller escuta a história de Parsons, faz uma ou duas perguntas e logo passa a investigar por sua própria conta. O caso que ele montou é bastante forte, bastante forte.

"Havia marcas de dedos ensanguentados no canto do baú na sala da Torre, e as impressões digitais eram as de Charles Leverson. A criada disse a ele que esvaziara uma bacia de água ensanguentada no quarto do sr. Leverson na manhã seguinte ao crime. Ele explicou a ela que havia cortado o dedo, e ele tinha, de fato, um pequeno corte ali, mas um corte mínimo! O punho da manga de sua camisa havia sido lavado, mas eles encontraram manchas de sangue na manga de seu casaco. Ele estava precisando de dinheiro e seria beneficiado em testamento com a morte de *Sir* Reuben. Realmente, um caso muito bem-montado, *mademoiselle.*"

Ele fez uma pausa.

– E ainda assim a senhorita veio me ver hoje.

Lily Margrave encolheu seus ombros delgados.

– Como eu disse, *Monsieur* Poirot, *Lady* Astwell me enviou.

– Então não teria vindo por sua própria vontade, não é?

O homenzinho lançou para ela um olhar perspicaz. A garota não respondeu.

– A senhorita não respondeu à minha pergunta.

Lily Margrave começou a alisar as luvas novamente.

– É bastante difícil para mim, *Monsieur* Poirot. Preciso considerar a minha lealdade a *Lady* Astwell. Indo direto ao ponto: sou apenas sua dama de companhia, mas ela sempre me tratou como se eu fosse uma filha ou uma sobrinha. Tem sido extraordinariamente gentil, e, quaisquer que sejam seus erros, eu não gostaria de adotar uma postura crítica em relação às ações dela, ou mesmo prejudicar o senhor no que diz respeito a assumir o caso.

– É impossível prejudicar Hercule Poirot, *cela ne se fait pas* – declarou alegremente. – Percebo que a senhorita acredita que *Lady* Astwell está dando importância demais ao assunto. Vamos, seja franca. Não é verdade?

– Bem, se eu devo dizer...

– Fale, *mademoiselle.*

– Acho que tudo não passa de uma grande bobagem.

– É o que lhe parece, então?

– Não quero falar mal de *Lady* Astwell...

– Compreendo – murmurou Poirot com suavidade. – Compreendo perfeitamente.

Seus olhos a incentivavam a prosseguir.

– Ela é realmente uma boa pessoa, e assustadoramente gentil, mas não é, como posso dizer, uma mulher educada. O senhor sabe que ela era uma atriz quando *Sir* Reuben casou com ela, e que ela também nutre toda sorte de preconceitos e superstições. Se diz alguma coisa, assim tem de ser, e ela simplesmente não ouvirá a voz da razão. O inspetor não foi muito diplomático com ela, e isso fez com que ela recuasse. Diz que é um absurdo suspeitarem do sr. Leverson e que isso era apenas mais um dos tantos erros que a polícia cometeria, e claro, para completar, que o querido Charles não tinha feito nada.

– Mas então ela não tem base para sua alegação, certo?

– Nenhuma.

– Rá! É mesmo? Veja só.

– Eu disse a ela – seguiu Lily – que não faria nenhum sentido vir até o senhor apenas com uma convicção sem qualquer embasamento.

– A senhorita lhe disse isso mesmo? – perguntou Poirot. – Isso é interessante.

Seus olhos, num relance rápido e abarcador, perscrutaram Lily Margrave, apreendendo os detalhes de seu traje preto e limpo, o toque em branco junto ao pescoço, e o elegante chapeuzinho preto. Pôde observar sua elegância, o belo rosto com o queixo levemente pontiagudo, além dos olhos de um azul profundo, de longas pestanas. De modo imperceptível, sua atitude mudou. Agora estava interessado não tanto pelo caso, mas pela garota sentada à sua frente.

– *Lady* Astwell, eu imagino, *mademoiselle*, não passa de uma pessoa desequilibrada e histérica?

Lily Margrave assentiu com entusiasmo.

– Isso a descreve perfeitamente. Ela é, como já lhe disse, muito gentil, mas é impossível discutir com ela ou tentar fazer com que veja as coisas de modo lógico.

– Talvez ela tenha o seu próprio suspeito – sugeriu Poirot –, um suspeito bastante absurdo.

– É isso exatamente o que está acontecendo – disse Lily com empolgação. – Ela desenvolveu uma profunda implicância em relação ao secretário de *Sir* Reuben, pobre homem. Ela diz *saber* que foi ele quem cometeu o crime, embora tenha sido provado, de maneira conclusiva, que o pobre Owen Trefusis não poderia tê-lo feito.

– E ela afirma isso sem quaisquer razões?

– Justamente. Tudo está baseado em suas intuições.

A voz de Lily Margrave adquirira um tom profundamente desdenhoso.

– Percebo, *mademoiselle* – disse Poirot, sorrindo –, que a senhorita não acredita em intuição?

– Não creio que faça nenhum sentido – respondeu Lily.

Poirot se recostou em sua poltrona.

– *Les femmes* – murmurou –, gostam de pensar que se trata de uma arma especial que o bom Senhor lhes deu, e para cada vez que essa arma lhes mostra o caminho certo, pelo menos nove vezes as conduz ao errado.

– Eu sei – disse Lily –, mas já lhe disse como é *Lady* Astwell. Simplesmente não se pode discutir com ela.

– Então, *mademoiselle*, sendo a senhorita sábia e discreta, veio até a mim como fora ordenada e buscou uma maneira de me pôr *au courant* da situação.

Algo em seu tom de voz fez a garota assumir um ar desafiador.

– Evidentemente – disse Lily, defendendo-se –, sei como o tempo do senhor é valioso.

– A senhorita é por demais lisonjeira, *mademoiselle* – disse Poirot –, mas neste momento, de fato, tenho muitos casos em minhas mãos.

– Temo que isso seja mesmo verdade – disse Lily, erguendo-se. – Comunicarei a *Lady* Astwell...

No entanto, Poirot não se levantou. Em vez disso, continuou sentado na poltrona e olhou a garota de baixo para cima.

– Está com pressa de ir embora, *mademoiselle*? Peço-lhe que se sente só mais um pouco.

Percebeu o sangue aflorar à face dela e depois a tonalidade voltar ao normal. Ela voltou a se sentar, vagarosamente e contra sua vontade.

– *Mademoiselle* é rápida e decidida – disse Poirot. – Deve ser mais condescendente com velhos como eu, que levam tempo para tomar suas decisões. A senhorita me entendeu mal, *mademoiselle*. Não disse que não iria ter com *Lady* Astwell.

– Então o senhor virá?

O tom de voz da garota era neutro. Não olhava para Poirot, mas para algum ponto no chão, desapercebida, assim, do agudo escrutínio com que era brindada.

– Diga a *Lady* Astwell que estou à sua inteira disposição. Estarei em... Mon Repos, não é isso?, nesta tarde.

Ele se ergueu. A garota acompanhou seu gesto.

– Eu... eu direi a ela. É ótimo que o senhor possa vir, *Monsieur* Poirot. Temo, no entanto, que o senhor descubra que embarcou numa expedição inútil.

– É provável, mas quem pode garantir?

Ele a viu sair com formalidade pela porta. Depois retornou para sua sala de estar, carrancudo, imerso em pensamentos. Uma ou duas vezes assentiu com a cabeça, então abriu a porta e chamou seu criado.

– Meu bom George, prepare-me, por favor, uma pequena valise. Estou indo para o interior nesta tarde.

– Muito bem, senhor – disse George.

Ele era o típico inglês. Alto, cadavérico e impassível.

– Uma jovem é um fenômeno interessantíssimo, George – disse Poirot, enquanto mais uma vez se deixava cair sobre a poltrona, acendendo um cigarro. – Especialmente, compreende, se é inteligente. Pedir para que uma pessoa faça alguma coisa e ao mesmo tempo predispô-la a não fazê-la... trata-se de uma delicada operação. Exige finura. Ela foi muito sagaz, ah, sim, muito sagaz, mas Hercule Poirot, meu bom George, é dono de uma inteligência um tanto excepcional.

– Já ouvi o senhor falar sobre isso, senhor.

– Não é o secretário que ela tem em mente – refletiu Poirot. – A acusação de *Lady* Astwell contra ele, ela trata com desprezo. Ao mesmo tempo, está ansiosa para que ninguém alerte os gansos. Eu, meu bom George, vou até lá acabar com esse sossego, quero pôr lenha na fogueira! Há algum drama por lá, em Mon Repos. Um drama humano, e isso me excita. Ela é sagaz, a espertinha, mas não sagaz o suficiente. Pergunto-me, pergunto-me, o que encontrarei por lá?

A voz de George, em tom de desculpa, rompeu a pausa dramática que havia sucedido às palavras do patrão.

– Devo colocar algum traje na mala, senhor?

Poirot olhou para ele com tristeza.

– Sempre concentrado, atento ao seu próprio trabalho. Você é muito bom para mim, George.

Quando o trem das 16h55 chegou à estação Abbots Cross, dele desembarcou *Monsieur* Hercule Poirot, vestido com muito asseio e afetação, os bigodes encerados ao extremo. Entregou seu bilhete, passou pelo posto e foi abordado por um chofer alto.

– *Monsieur* Poirot?

O homenzinho olhou para ele.

– Este é meu nome.

– Por aqui, senhor, por favor.

Abriu-lhe a porta de um enorme Rolls-Royce.

A casa ficava a cerca de três minutos da estação. O chofer desceu mais uma vez e abriu a porta do carro, e Poirot saiu. O mordomo aguardava com a porta da frente aberta.

Poirot lançou um olhar rápido e prazenteiro sobre a parte exterior da casa antes de entrar. Era grande, uma sólida mansão de tijolos vermelhos, sem pretensões de beleza, mas com um ar de conforto verdadeiro.

Poirot entrou no saguão. O mordomo discretamente recolheu seu chapéu e seu sobretudo, e então murmurou naquele tom grave e deferente só alcançado pelos melhores serviçais:

– A senhora o está esperando, senhor.

Poirot seguiu o mordomo pelas escadas acarpetadas. Este, sem dúvida, era Parsons, um serviçal extremamente bem-treinado, cujos modos, conforme o desejado, não afetavam emoção. No topo da escada, ele tomou a direita ao longo de um corredor. Passou por uma porta que conduzia a uma antessala e anunciou:

– *Monsieur* Poirot, *milady*.

A peça não era muito grande e estava tomada por móveis e bugigangas. Uma mulher, vestida de preto, ergueu-se de um sofá e veio rapidamente em direção a Poirot.

– *Monsieur* Poirot – ela disse com a mão esticada. Seus olhos correram ligeiros sobre a figura do dândi. Fez uma pausa por um minuto, ignorando a reverência do homenzinho sobre sua mão e o "Madame" murmurado, e então, soltando sua mão da dele após uma súbita e vigorosa pressão, exclamou:

– Acredito em homens pequenos! São os inteligentes.

– O inspetor Miller – murmurou Poirot – é, acredito, um homem alto?

– Ele não passa de um idiota arrogante – disse *Lady* Astwell. – Faria a gentileza de sentar aqui perto de mim, *Monsieur* Poirot?

Indicou-lhe o sofá e continuou:

– Lily fez o possível para me convencer a não chamá-lo, mas não cheguei a esta altura da vida sem saber o que era o melhor para mim.

– Uma grande conquista – disse Poirot, ao segui-la até o canapé.

Lady Astwell se acomodou confortavelmente entre as almofadas e se voltou para olhá-lo de frente.

– Lily é uma ótima menina – disse *Lady* Astwell –, mas acha que sabe tudo, e, de acordo com minha experiência, esse tipo de pessoa costuma estar errada. Não sou inteligente, *Monsieur* Poirot, nunca fui, mas acerto onde muitas pessoas erram. Acredito em *orientação*. Então, quer ou não quer que eu lhe diga quem é o assassino? Uma mulher sabe, *Monsieur* Poirot.

– A srta. Margrave sabe?

– O que ela lhe contou? – perguntou com aspereza *Lady* Astwell.

– Ela me comentou os fatos do caso.

– Os fatos? Ah, sim, e aposto que estão todos contra Charles, mas eu lhe digo, *Monsieur* Poirot, não foi ele. *Sei* que não foi ele!

Ela lhe disse aquilo com uma seriedade que era quase desconcertante.

– A senhora está convicta, *Lady* Astwell?

– Trefusis matou meu marido, *Monsieur* Poirot. Tenho certeza disso.

– Por quê?

– Por que ele o teria matado, ou por que tenho certeza de que foi ele? Vou lhe dizer uma coisa: eu simplesmente sei! Sou engraçada com essas coisas. Logo chego a uma ideia e me aferro a ela.

– O sr. Trefusis seria de alguma maneira beneficiado com a morte de *Sir* Reuben?

– Não lhe deixou sequer um centavo – retomou de imediato *Lady* Astwell. – Isso só demonstra que o caro Reuben ou não conseguia gostar dele, ou não podia confiar nele.

– Ele estava com *Sir* Reuben havia muito, então?

– Quase nove anos.

– Isso é um longo tempo – disse Poirot suavemente –, um tempo deveras longo para permanecer como empregado de um homem. Sim, o sr. Trefusis deve ter conhecido bem o seu empregador.

Lady Astwell encarou-o.

– Aonde o senhor quer chegar? Não vejo o que isso tem a ver com o assunto.

– Estou seguindo a trilha de uma pequena ideia que tive – disse Poirot. – Uma pequena ideia, nada interessante, talvez, mas original, no que diz respeito à questão.

Lady Astwell continuou a encará-lo.

– O senhor *é* muito inteligente, não? – ela perguntou, em um tom um pouco duvidoso. – É o que todos dizem.

Hercule Poirot riu.

– Talvez também a senhora devesse me brindar com esse elogio um dia desses, madame. Mas vamos voltar ao motivo. Fale-me agora sobre as pessoas da casa, as que estavam aqui no dia da tragédia.

– Charles, é claro.

– Ele era sobrinho de seu marido, pelo que sei, não da senhora.

– Sim, Charles era o filho único da irmã de Reuben. Ela se casara com um homem relativamente rico, mas então eles perderam tudo, uma dessas falências que costumam ocorrer no meio financeiro, e ele morreu, e também a esposa, e Charles veio morar conosco.

Ele tinha 23 anos na época, e se preparava para ser advogado. Mas quando a situação piorou, Reuben levou-o para trabalhar no escritório.

– Charles era diligente no trabalho?

– Gosto de homens que seguem o andar da carruagem – disse *Lady* Astwell, com um gesto de aprovação. – Não, esse era justamente o problema, Charles *não* era um sujeito trabalhador. Passava o tempo inteiro brigando com seu tio por causa de alguma confusão ou outra coisa qualquer que tivesse aprontado. Não que o pobre Reuben fosse alguém de fácil convívio. Por várias vezes eu lhe disse que ele havia esquecido o que era ser jovem. Ele era bastante diferente naqueles tempos, *Monsieur* Poirot.

Lady Astwell lançou um suspiro diante da reminiscência.

– As mudanças precisam acontecer, madame – disse Poirot. – É a lei.

– Ainda assim – disse *Lady* Astwell – ele nunca foi verdadeiramente rude *comigo*. Ao menos, se ele chegava a sê-lo, sempre se desculpava mais tarde, o pobre e caro Reuben.

– Então ele era difícil, hein? – perguntou Poirot.

– Eu sempre achava uma maneira de lidar com ele – disse *Lady* Astwell, com um ar de domador de leões bem-sucedido. – Mas às vezes as coisas ficavam realmente complicadas quando ele perdia a paciência com os criados. Há maneiras de fazer isso, mas Reuben sempre escolhia as erradas.

– Exatamente como *Sir* Reuben deixou dividido seu dinheiro, *Lady* Astwell?

– Metade para mim, metade para Charles – respondeu prontamente *Lady* Astwell. – Os advogados não apresentam essa divisão assim de modo simples, mas é mais ou menos isso.

Poirot maneou a cabeça.

– Entendo... Entendo – ele murmurou. – Bem, agora, *Lady* Astwell, preciso que a senhora me descreva os moradores da casa. Há a senhora; o sobrinho de *Sir* Reuben, sr. Charles Leverson; o secretário, sr. Owen Trefusis; e também a srta. Lily Margrave. Talvez a senhora pudesse me falar um pouco mais sobre a jovem.

– O senhor quer saber sobre Lily?

– Sim, ela está com a senhora há muito tempo?

– Cerca de um ano. Tive uma série de secretárias-acompanhantes, sabe, mas de um modo ou de outro elas acabavam me dando nos nervos. Com Lily foi diferente. Ela é delicada e centrada e, além disso, tem uma ótima aparência. Gosto de ter um rostinho bonito perto de mim, *Monsieur* Poirot. Sou uma pessoa estranha; gosto ou desgosto de alguém logo no primeiro instante. Assim que pus os olhos nessa menina, disse para mim mesma: "Ela vai servir".

– Ela veio por indicação de amigos, *Lady* Astwell?

– Acho que ela respondeu a um anúncio. Sim, foi isso.

– Sabe alguma coisa sobre a família dela, de onde ela vem?

– Seus pais estão na Índia, acredito. Não sei muito sobre eles, mas num rápido olhar se pode dizer que Lily é uma dama, não é verdade, *Monsieur* Poirot?

– Ah, sim, perfeitamente, perfeitamente.

– Claro – prosseguiu *Lady* Astwell –, eu mesma não sou uma dama. Sei disso e a criadagem sabe disso, mas não mesquinha. Sei apreciar o que tem valor, e ninguém poderia ser mais gentil comigo do que Lily tem sido. Vejo-a quase como se fosse minha filha, *Monsieur* Poirot, de verdade.

Poirot esticou a mão direita e ajeitou alguns dos objetos que estavam sobre a mesa próxima.

– *Sir* Reuben também compartilhava desse sentimento? – ele perguntou.

Mantinha os olhos sobre as bugigangas, mas sem dúvida notou a pausa antes que *Lady* Astwell viesse com a resposta.

– Para um homem é diferente. É claro que eles... que eles se davam muito bem.

– Obrigado, madame – disse Poirot. Ele sorria por dentro. – E essas eram as únicas pessoas na casa naquela noite? Excetuando-se, claro, os criados.

– Ah, há ainda Victor.

– Victor?

– Sim, o irmão de meu marido, sabe, que também é seu sócio.

– Ele mora com vocês?

– Não, tinha acabado de chegar de visita. Nos últimos anos ele esteve na África Ocidental.

– África Ocidental – murmurou Poirot.

Ele já percebera que *Lady* Astwell era capaz de desenvolver um assunto sozinha se lhe fosse dado tempo suficiente.

– Dizem que é uma terra maravilhosa, mas me parece o tipo de lugar que tem um efeito terrível sobre um homem. Eles bebem demais e se tornam incontroláveis. Nenhum dos Astwells tem bom temperamento, e o comportamento de Victor, desde que ele voltou da África, tem sido simplesmente chocante. Por várias vezes ele já me deixou assustada.

– Ele assustou a srta. Margrave? – murmurou suavemente Poirot.

– Lily? Oh, não acredito que ele tenha tido muito contato com Lily.

Poirot tomou algumas notas em seu caderninho, depois colocou o lápis de volta na presilha e guardou o caderninho no bolso.

– Eu lhe agradeço, *Lady* Astwell. Agora, se puder, vou entrevistar Parsons.

– Quer que ele venha até aqui?

A mão de *Lady* Astwell avançou em direção à campainha. Poirot interrompeu rapidamente o gesto.

– Não, não, mil vezes não. Descerei para falar com ele.

– Se acha que assim é melhor...

Lady Astwell estava nitidamente desapontada por não poder participar da cena vindoura. Poirot adquiriu um ar de sigilo.

– É essencial – ele disse de forma misteriosa, e deixou *Lady* Astwell devidamente impressionada.

Encontrou Parsons na copa, polindo a prataria. Poirot deu início aos procedimentos com uma de suas mais cômicas reverências.

– Permita-me que me apresente – ele disse. – Sou um detetive.

– Sim, senhor – disse Parsons –, pudemos perceber.

Seu tom era respeitoso, mas indiferente.

– *Lady* Astwell mandou me buscar – continuou Poirot. – Ela não estava satisfeita; não, não estava nada satisfeita.

– Ouvi a senhora dizê-lo numa série de ocasiões – disse Parsons.

– De fato – disse Poirot –, estou lhe contando coisas que o senhor já sabe, não é mesmo? Então não percamos tempo com essas ninharias. Leve-me, se puder me fazer essa gentileza, até seu quarto e me diga exatamente o que o senhor ouviu na noite do assassinato.

O quarto do mordomo era no primeiro piso, contíguo à ala dos criados. Tinha janelas com barras, e um cofre ficava em um dos cantos da peça. Parsons indicou a cama estreita.

– Fui me recolher, senhor, às onze horas. A srta. Margrave já tinha ido deitar, e *Lady* Astwell estava com *Sir* Reuben na sala da Torre.

– *Lady* Astwell estava com *Sir* Reuben? Ah, prossiga.

– A sala da Torre, senhor, fica exatamente acima de onde estamos. Se as pessoas estão conversando por lá, podem ser ouvidos murmúrios, mas não o que é dito, naturalmente. Devo ter pegado no sono depois das onze e meia. Era meia-noite em ponto quando fui acordado pelo som da batida da porta da frente, o que só podia significar que o sr. Leverson havia retornado. Em seguida, ouvi passos no andar de cima e, alguns minutos depois, a voz do sr. Leverson falando com *Sir* Reuben.

"Tive o palpite então de que naquele momento, senhor, o sr. Leverson estava não diria propriamente bêbado, mas inclinado a ser um pouco indiscreto e barulhento. Gritava com o tio no limite de seus pulmões. Apanhei uma palavra aqui e outra ali, mas não o suficiente para compreender do que se tratava, e então houve um grito agudo e um baque pesado."

Sobreveio uma pausa, e Parsons repetiu as últimas palavras.

– Um baque pesado – ele disse, impressionado.

– Se não me engano é um baque *surdo* na maioria dos romances – murmurou Poirot.

– Talvez, senhor – disse Parsons com severidade. – Foi realmente um baque *pesado* o que ouvi.

– Mil perdões – disse Poirot.

– Não é necessário, senhor. Depois do baque, no silêncio, ouvi a voz do sr. Leverson dizer claramente, num registro alto: "Meu Deus", ele disse, "Meu Deus", assim como lhe repito, senhor.

Parsons, de sua primeira resistência em revelar a história, progredira a ponto de agora poder saboreá-la. Ele se considerava vigorosamente um narrador. Poirot entrou no jogo.

– *Mon Dieu* – ele murmurou. – Que emoção o senhor não deve ter experimentado!

– Sim, de fato, senhor – disse Parsons –, assim mesmo como o senhor disse. Não que eu tenha pensado muito nisso naquele momento. Mas me *ocorreu* perguntar se alguma coisa estava errada, e se não era melhor eu subir. Fui acender a luz, mas tive o azar de topar com uma cadeira.

"Abri a porta, segui até o saguão da criadagem e abri a outra porta que dava acesso a uma passagem. A escada dos fundos fica ali, e, enquanto eu estava nos primeiros degraus, hesitando, ouvi a voz do sr. Leverson lá em cima, falando com franqueza e doçura. 'Ninguém se machucou, por sorte', ele disse. 'Boa noite', e o escuto se afastar pelo corredor até seu quarto, assobiando.

"Claro que retornei imediatamente para a cama. Algum objeto deve ter caído, foi o que pensei. Eu lhe pergunto, senhor, dava para eu imaginar que *Sir* Reuben havia sido assassinado, com o sr. Leverson desejando boa noite e tudo mais?"

– O senhor tem certeza de que a voz que ouviu era a do sr. Leverson?

Parsons olhou para o pequeno belga compassivamente, e Poirot percebeu com total clareza que, certo ou errado, o juízo de Parsons quanto a essa questão já estava estabelecido.

– Há mais alguma coisa que o senhor queira me perguntar?

– Só mais uma – disse Poirot. – O senhor gosta do sr. Leverson?

– Como, senhor?

– É uma pergunta simples. O senhor gosta do sr. Leverson?

Parsons, surpreso num primeiro momento, agora parecia constrangido.

– A opinião geral dos serviçais, senhor – ele disse e fez uma pausa.

– Bem – disse Poirot –, expresse-a assim se lhe agrada.

– Senhor, a opinião é de que o sr. Leverson é um jovem generoso, mas não, se me permite dizê-lo, um cavalheiro particularmente inteligente.

– Ah! – disse Poirot. – Sabe, Parsons, que mesmo sem tê-lo visto ainda, esta também é precisamente a minha opinião sobre o sr. Leverson.

– É mesmo, senhor?

– Qual é a sua opinião, digo, qual é a opinião dos serviçais sobre o secretário?

– Ele é um cavalheirro calmo, paciente, senhor. Preocupado em evitar qualquer problema.

– *Vraiment* – disse Poirot.

O mordomo tossiu.

– A senhora, senhor – ele murmurou –, costuma ser um tanto apressada em seus julgamentos.

– Então, na opinião dos serviçais, o sr. Leverson cometeu o crime?

– Nenhum de nós gostaria de pensar que foi o sr. Leverson – disse Parsons. – Nós... Bem, francamente, não pensávamos que ele fosse capaz de uma coisa dessas, senhor.

– Mas ele tinha um temperamento um pouco violento, não? – perguntou Poirot.

Parsons se aproximou dele.

– Se está perguntando quem tinha o temperamento mais violento da casa...

Poirot ergueu uma mão.

– Ah! Mas essa não é a pergunta que eu faria – ele disse com suavidade. – Minha pergunta seria, quem tem o melhor temperamento?

Parsons o encarou boquiaberto.

Poirot não perdeu mais tempo com ele. Com uma reverência amável – ele sempre era amável – deixou o quarto e vagou pelo enorme saguão de Mon Repos.

Ficou por ali durante um ou dois minutos com seus pensamentos, então, a um som sutil que chegou até ele, virou a cabeça para um dos lados à maneira de um tordo empertigado, e finalmente, com passos surdos, atravessou uma das portas que conduziam para fora do saguão.

Parou na soleira, olhando para a peça; uma sala pequena decorada como uma biblioteca. Numa enorme escrivaninha, no canto mais afastado da peça, estava sentado um jovem magro e pálido, escrevendo. Tinha um queixo retraído e usava um pincenê.

Poirot o observou por alguns minutos e então rompeu o silêncio com uma tosse completamente artificial e teatral.

– A-ham! – tossiu Hercule Poirot.

O jovem parou de escrever e virou a cabeça. Não parecia excessivamente surpreso, mas uma expressão de perplexidade tomou conta de sua face ao avistar Poirot.

O último se aproximou com uma mesura.

– Tenho a honra de falar com *Monsieur* Trefusis, estou certo? Ah, meu nome é Poirot, Hercule Poirot. Talvez já tenha ouvido falar de mim.

– Oh, sim, sim, certamente – disse o jovem.

Poirot o encarou atentamente.

Owen Trefusis tinha cerca de 33 anos, e o detetive reparou de pronto por que ninguém estava disposto a levar a sério a acusação de *Lady* Astwell. O sr. Owen Trefusis era um jovem afetado e distinto, irresistivelmente meigo, o tipo de homem que pode ser, e é, sistematicamente intimidado. Qualquer um poderia ter certeza de que ele jamais conseguiria demonstrar ressentimento.

– *Lady* Astwell mandou buscá-lo, é claro – disse o secretário. – Ela anunciou que ia fazê-lo. Existe alguma coisa que eu possa fazer para ajudá-lo?

Seus modos eram polidos sem serem efusivos. Poirot aceitou uma cadeira e murmurou cortesmente:

– *Lady* Astwell chegou a lhe mencionar suas opiniões e suspeitas?

Owen Trefusis sorriu de leve.

– Até onde sei – ele disse –, ela suspeita de mim. É um absurdo, mas é isso. Ela mal me dirigiu uma palavra cortês desde a morte de *Sir* Reuben, e se encolhe contra a parede ao me ver passar.

Sua postura era perfeitamente natural, e havia mais diversão que ressentimento em sua voz. Poirot assentiu com a cabeça, com um ar de simpática franqueza.

– Cá entre nós – ele esclareceu –, ela me disse a mesma coisa. Não discuti com ela. Há muito que estabeleci uma regra: jamais discutir com uma dama convicta. O senhor entende, é pura perda de tempo.

– De fato.

– Eu digo, sim, madame, oh, perfeitamente, madame, *précisément*, madame. Essas palavras não significam nada, mas agradam da mesma maneira. Faço minhas investigações, e embora pareça quase impossível que alguém exceto *Monsieur* Leverson possa ter cometido o crime, ainda assim, bem, o impossível já aconteceu outras vezes.

– Entendo perfeitamente a sua posição – disse o secretário. – Por favor, saiba que estou inteiramente à sua disposição.

– *Bon* – disse Poirot. – Vejo que nos entendemos. Agora me ponha a par dos acontecimentos daquela noite. Melhor começar pelo jantar.

– Leverson não estava presente, como o senhor, sem dúvida, sabe – disse o secretário. – Ele tinha tido um sério desentendimento com o tio e saiu para jantar no Golf Club. *Sir* Reuben estava de péssimo humor em função disso.

– Não muito amável, *ce Monsieur*, hein? – sugeriu Poirot com delicadeza.

Trefusis sorriu.

– Oh! Ele era um tártaro! Eu não teria trabalhado nove anos com ele se não conhecesse cada detalhe do seu comportamento. Era um homem extraordinariamente difícil de se lidar, *Monsieur* Poirot. Podia ter um surto de fúria infantil e maltratar qualquer um que se aproximasse dele.

"Àquela altura, eu já estava acostumado a isso. Desenvolvi o hábito de não prestar a menor atenção às coisas que ele dizia. No fundo, ele não tinha um coração mau, mas podia se comportar de maneira estúpida e exasperadora. A melhor coisa a fazer era nunca retrucá-lo."

– Havia outras pessoas aqui tão sábias quanto o senhor a esse respeito?

Trefusis encolheu os ombros.

– *Lady* Astwell aguentou bastante – ele disse. – Ela não sentia um pingo de medo de *Sir* Reuben, e ela sempre soube suportar as crises. No final, eles sempre se entendiam, e *Sir* Reuben realmente tinha muita afeição por ela.

– Eles chegaram a discutir naquela noite?

O secretário olhou-o de soslaio, hesitou por um minuto, e então disse:

– Creio que sim; qual o motivo da pergunta?

– Uma ideia, nada de mais.

– Não posso garantir, claro – explicou o secretário –, mas pelo modo como as coisas estavam isso era o mais provável.

Poirot não insistiu no tópico.

– Quem mais estava no jantar?

– A srta. Margrave, o sr. Victor Astwell e eu.

– E depois?

– Fomos para a sala de visitas. *Sir* Reuben não nos acompanhou. Cerca de dez minutos depois ele apareceu e me destratou por uma banalidade qualquer a respeito de uma carta. Subi com ele até a sala da Torre e arrumei o que era necessário; então Victor Astwell entrou e disse que tinha algo que queria tratar com o irmão, então eu desci e me juntei às duas damas.

"Cerca de quinze minutos depois, ouvi a sineta de *Sir* Reuben soar violentamente, e Parsons surgiu para dizer que eu deveria ter imediatamente com *Sir* Reuben. Ao entrar no quarto, o sr. Victor Astwell estava saindo. Ele quase me derrubou. Alguma coisa acontecera para deixá-lo perturbado daquele jeito. Ele tinha um temperamento violento. Penso mesmo que ele nem chegou a me ver."

– *Sir* Reuben chegou a comentar alguma coisa?

– Ele disse: "Victor é um lunático; ele ainda fará uma bobagem contra alguém num desses seus acessos de fúria".

– Ah! – disse Poirot. – O senhor sabe sobre o que eles discutiram?

– Não faço a mais vaga ideia.

Poirot moveu sua cabeça com extremo vagar e olhou para o secretário. Aquelas últimas palavras haviam sido pronunciadas de um modo bastante apressado. Estava convencido de que Trefusis poderia ter dito mais alguma coisa se assim o quisesse. Mas novamente não forçou a questão.

– E depois? Continue, por favor.

– Trabalhei com *Sir* Reuben por cerca de uma hora e meia. Às onze, *Lady* Astwell entrou, e *Sir* Reuben me disse que eu poderia me recolher.

– E foi o que o senhor fez?

– Sim.

– Faz alguma ideia de quanto tempo ela ficou com ele?

– Não. O quarto dela fica no primeiro piso, e o meu, no segundo, de modo que não poderia escutar a hora em que ela foi para a cama.

– Entendo.

Poirot assentiu com a cabeça umas duas vezes e se pôs de pé.

– E agora, *monsieur*, leve-me até a sala da Torre.

Ele seguiu o secretário pela ampla escadaria para o piso superior. Ali Trefusis o conduziu ao longo do corredor, e através de uma porta acarpetada ao final do percurso, que dava para a escada dos criados e para um curto corredor que terminava numa porta. Ao cruzar essa porta, encontraram-se na cena do crime.

Era um quarto alto, duas vezes mais alto que qualquer um dos outros, e deveria ter aproximadamente nove metros quadrados. Espadas e azagaias adornavam as paredes, e muitas curiosidades nativas estavam dispostas sobre mesas. No canto oposto, sob o vão da janela, havia uma grande escrivaninha. Poirot se dirigiu direto para ela.

– *Sir* Reuben foi encontrado aqui?

Trefusis assentiu.

– Acertaram-no por trás, creio?

Mais uma vez o secretário assentiu.

– O crime foi cometido com um desses porretes nativos – ele explicou. – Um objeto extremamente pesado. A morte deve ter ocorrido de modo praticamente instantâneo.

– O que reforça a ideia de que o crime não foi premeditado. Uma rusga feia, e uma arma apanhada quase inconscientemente.

– Sim, isso só piora a situação do pobre Leverson.

– E o corpo foi encontrado debruçado sobre a mesa?

– Não, ele deslizou de lado e foi parar no chão.

– Ah – disse Poirot –, isso é curioso.

– Por que curioso? – perguntou o secretário.

– Por causa disso.

Poirot apontou para uma marca redonda e irregular sobre o tampo polido da escrivaninha.

– Isto é uma marca de sangue, *mon ami*.

– É possível que tenha espirrado ali – sugeriu Trefusis –, ou talvez tenha sido feita depois, quando removeram o corpo.

– É bem possível, bem possível – disse o homenzinho. – Há apenas uma porta para este cômodo?

– Há uma escada em espiral aqui.

Trefusis afastou uma cortina de veludo num dos cantos da peça, junto à porta, revelando uma pequena escada que levava para um patamar superior.

– Este lugar foi originalmente construído por um astrônomo. A escada conduz para a torre onde o telescópio fora instalado. *Sir* Reuben transformou o local num quarto, e algumas vezes dormia ali quando trabalhava até tarde.

Poirot subiu com agilidade os degraus. O quarto circular escada acima estava mobiliado de maneira simples, com um catre, uma cadeira e uma penteadeira. Poirot ficou satisfeito ao ver que não havia nenhuma outra saída, e então voltou a descer, indo de encontro a Trefusis, que o esperara no mesmo lugar.

– O senhor escutou o sr. Leverson entrar? – ele perguntou.

Trefusis negou com a cabeça.

– Já estava ferrado no sono.

Poirot assentiu. Olhou devagar ao redor do quarto.

– *Eh bien*! – ele disse por fim. – Não creio que haja alguma coisa ainda por aqui, a não ser que... O senhor poderia me fazer a gentileza de puxar as cortinas?

Obedientemente, Trefusis puxou as pesadas cortinas negras que cobriam a janela no lado oposto da peça. Poirot acendeu a luz encoberta por um globo de alabastro que pendia do teto.

– Há alguma luz de escrivaninha?

Como resposta o secretário acionou uma poderosa lâmpada, coberta por uma pantalha verde, que ficava sobre a escrivaninha. Poirot apagou a luz de cima, depois voltou a acendê-la e então a apagou.

– *C'est bien*! Terminei aqui.

– O jantar será servido às sete e meia – murmurou o secretário.

– Eu lhe agradeço, *Monsieur* Trefusis, por toda a sua gentileza.

– Não por isso.

Poirot percorreu o corredor até chegar ao quarto que lhe fora reservado. O inescrutável George estava ali, organizando as coisas de seu patrão.

– Meu bom George – ele disse de pronto –, espero que possa conhecer na hora do jantar um certo cavalheiro que começa a me intrigar enormemente. Um homem que veio dos trópicos, George. Com um temperamento tropical, conforme dizem. Um homem de quem Parsons tentou me falar, e que Lily Margrave sequer mencionou. O finado *Sir* Reuben já tinha um temperamento difícil, George. Suponha que um homem como esse entre em contato com outro cujo temperamento é ainda pior, o que me diz disso? Está criado o circo, não?

– "Armado o circo" é a expressão correta, senhor, e nem sempre essas coisas são assim.

– Não?

– Não, senhor. Veja o caso da minha tia Jemima, senhor, dona de uma língua das mais ferinas, maltratou uma de suas pobres irmãs que vivia com ela, fez algo realmente chocante. Quase tirou a vida da coitada. Mas qualquer um que aparecesse perto dela e que a enfrentasse, bem, aí as coisas eram bem diferentes. O que ela não podia suportar era a subserviência.

– A-ha! – disse Poirot. – Isso é realmente sugestivo...

George deixou escapar uma tosse como para se desculpar.

– Há mais alguma coisa que eu possa fazer para ajudá-lo, senhor? – perguntou com delicadeza.

– Certamente – disse Poirot de imediato. – Descubra para mim a cor do vestido que a srta. Lily Margrave vestiu naquela noite, e qual camareira que a atendeu.

George recebeu essas ordens impassível como de costume.

– Muito bem, senhor, pela manhã terei as informações que solicitou.

Poirot ergueu-se do assento e ficou observando o fogo.

– Você me foi muito útil, George – ele murmurou. – Sabe que não me esquecerei de sua tia Jemima?

No fim das contas, Poirot não viu Victor Astwell naquela noite. Por telefone chegou uma mensagem dando conta de que ele ficara detido em Londres.

– Ele cuida das questões de negócio do seu finado marido, não é? – perguntou Poirot a *Lady* Astwell.

– Victor é um dos sócios – ela explicou. – Foi para a África em busca de umas concessões de minério para a firma. Era *mineração*, não era, Lily?

– Sim, *Lady* Astwell.

– Minas de ouro, acho, ou talvez cobre, ou estanho? Lily, você deve saber, pois estava sempre fazendo perguntas sobre isso ao Reuben. Oh, tenha cuidado, querida, ou acabará derrubando esse vaso!

– Está um calor horrível aqui dentro com esse fogo – disse a garota. – Será que... Será que posso abrir a janela por um instante?

– Fique à vontade, querida – disse *Lady* Astwell placidamente.

Poirot acompanhou a garota com os olhos enquanto

ela se dirigia até a janela para abri-la. Ela ficou por ali alguns instantes respirando o ar gelado da noite. Quando retornou e se sentou em sua cadeira, Poirot lhe perguntou de modo polido:

– Então *mademoiselle* está interessada em minas?

– Oh, para dizer a verdade não – disse a garota com indiferença. – Eu escutava o que *Sir* Reuben dizia, mas não sei nada sobre o assunto.

– Então a senhorita fingia muito bem – disse *Lady* Astwell. – Pobre Reuben, de fato ele pensava que a senhorita tinha interesses ocultos ao fazer todas aquelas perguntas.

Os olhinhos do detetive não deixaram de mirar o fogo, o qual olhava de modo fixo, mas, apesar disso, não deixou de reparar no súbito rubor de vergonha que tomou a face de Lily Margrave. Habilmente, ele mudou o foco da conversa. Quando chegou a hora do boa-noite, Poirot disse à sua anfitriã:

– Posso ter uma palavrinha com a senhora, madame?

Lily Margrave desapareceu discretamente. *Lady* Astwell olhou de modo inquiridor para o detetive.

– A senhora foi a última pessoa a ver *Sir* Reuben com vida naquela noite?

Ela assentiu. Lágrimas lhe brotaram dos olhos, e ela apressadamente levou um lenço com bordas negras até eles.

– Ah, não se aflija, por favor, não se aflija.

– Está tudo bem, *Monsieur* Poirot, é que não posso evitar.

– Sou triplamente imbecil por aborrecê-la dessa maneira.

– Não, por favor. Prossiga. O que o senhor estava dizendo?

– Era por volta das onze, imagino, quando a senhora foi até a sala da Torre e *Sir* Reuben dispensou o sr. Trefusis, correto?

– Creio que sim.

– Por quanto tempo ficou com ele?

– Faltavam quinze minutos para a meia-noite quando fui para o meu quarto; lembro de ter dado uma olhada no relógio.

– *Lady* Astwell, a senhora poderia me dizer qual foi o teor da conversa que teve com o seu marido?

Lady Astwell desabou no sofá e não conseguiu mais se conter. Seus soluços eram vigorosos.

– Nós, bri-bri-brigamos – ela lamentou.

– Por que motivo? – a voz de Poirot era lisonjeira, quase terna.

– Uma po-porção de coisas. Co-me-me-meçou por causa de Lily. Reuben desenvolveu uma antipatia por ela, sem nenhum motivo, e disse que a surpreendera mexendo em seus papéis. Ele queria mandá-la embora, e eu lhe disse que ela era uma boa menina e que eu não permitiria. E então ele começou a gri-gritar comigo, mas eu não estava disposta a aturar aquilo, então eu disse o que pensava dele.

"Não que eu pensasse aquilo mesmo, *Monsieur* Poirot. Ele disse que havia me tirado da sarjeta ao se casar comigo, aí eu disse: 'Ah, mas o que isso tem a ver com o assunto?' Jamais poderei me perdoar. O senhor sabe como é, *Monsieur* Poirot, eu sempre dizia que uma boa briga ajuda a renovar as coisas, mas como eu poderia saber que alguém ia matá-lo naquela mesma noite? Coitado do velho Reuben."

Poirot escutara com simpatia aquela explosão.

– Causei-lhe sofrimento – ele disse. – Peço perdão. Sejamos agora pragmáticos, práticos e precisos. A senhora continua aferrada à ideia de que o sr. Trefusis matou seu marido?

Lady Astwell se pôs de pé.

– O instinto de uma mulher, *Monsieur* Poirot – ela disse em tom solene –, jamais mente.

– Exatamente, exatamente – disse Poirot. – Mas quando ele cometeu o crime?

– Quando? Depois que eu o deixei, é claro.

– A senhora deixou *Sir* Reuben faltando quinze para a meia-noite. Às cinco para a meia-noite, o sr. Leverson chegou. Nesse intervalo de dez minutos a senhora diz que o secretário entrou no quarto dele e o matou?

– É perfeitamente possível.

– Diversas coisas são possíveis – disse Poirot. – O crime pode ter sido praticado em dez minutos. Ah, sim. Mas foi mesmo?

– É claro que ele *diz* que estava deitado e já adiantado no sono – disse *Lady* Astwell –, mas quem pode saber se isso é verdade ou não?

– Ninguém o viu por ali – lembrou-a Poirot.

– Todos já estavam deitados e pregados no sono – disse *Lady* Astwell com um ar triunfante. – É óbvio que ninguém o viu.

– Curioso – disse Poirot para si mesmo.

Houve uma breve pausa.

– *Eh bien*, *Lady* Astwell, desejo-lhe boa noite.

George depôs uma bandeja com o café matinal de seu patrão ao lado da cama.

– A srta. Margrave, senhor, vestia um traje de *chiffon* verde-claro na noite em questão.

– Obrigado, George. Você é de extrema confiança.

– A terceira camareira é a encarregada da srta. Margrave, senhor. O nome dela é Gladys.

– Obrigado, George. Você é insubstituível.

– Não por isso, senhor.

– É uma linda manhã – disse Poirot, olhando através da janela –, e ninguém deve estar de pé assim tão cedo. Creio, meu bom George, que teremos a sala da Torre à nossa disposição para um pequeno experimento.

– Precisará de mim, senhor?

– O experimento – disse Poirot – não será doloroso.

As cortinas ainda estavam puxadas na sala da Torre ao chegarem lá. George estava a ponto de arriá-las quando foi detido por Poirot.

– Vamos deixar a sala como está. Acenda apenas a lâmpada da escrivaninha.

O criado obedeceu.

– Agora, meu bom George, sente-se naquela cadeira. Faça de conta que está escrevendo. *Très bien.* Quanto a mim, apanho o porrete, posiciono-me às suas costas e então o acerto na parte de trás da cabeça.

– Sim, senhor – disse George.

– Ah – disse Poirot –, mas quando eu acertá-lo, não continue a escrever. Você entende que não tenho como agir com exatidão. Não posso acertá-lo com a mesma força que o assassino usou com *Sir* Reuben. Quando chegar a essa parte, teremos que fazer uma encenação. Eu desfiro um golpe na sua cabeça, e depois você desaba. Os braços bem relaxados, o corpo solto. Deixe-me ajeitá-lo. Mas não, não contraia os músculos.

Ele deixou escapar um suspiro de exasperação.

– Você é admirável quando o assunto é passar uma calça, George – ele disse –, mas sua capacidade imaginativa deixa a desejar. Levante-se e deixe-me assumir o seu lugar.

Poirot fez a volta e se sentou à escrivaninha.

– Estou escrevendo – ele declarou – de modo concentrado. Você surge atrás de mim, golpeia-me a cabeça com o porrete. Bum! A caneta voa de meus dedos, eu caio para frente, mas não muito para frente, pois a cadeira é baixa e a escrivaninha é alta, e, principalmente, meus braços me sustentam. Faça a gentileza, George, de retornar até a porta, fique ali parado e me diga o que vê.

– Sim!

– Sim, George? – ele disse, de modo encorajador.

– Eu o vejo, senhor, sentado à escrivaninha.

– Sentado à escrivaninha?

– É um pouco difícil de enxergar perfeitamente, senhor – explicou George –, assim de longe, ainda mais com a lâmpada tão escondida pela pantalha. E se eu puder acender esta luz, senhor?

Sua mão se estendeu em direção ao interruptor.

– De jeito nenhum – disse Poirot bruscamente. – Devemos seguir a reconstituição de modo exato. Aqui estou eu, inclinado sobre a escrivaninha, e aí está você, parado junto à porta. Avance agora, George, avance, e ponha a mão no meu ombro.

George obedeceu.

– Incline-se um pouco sobre mim, George, para se fixar sobre seus pés, por assim dizer. Ah! *Voilà*.

O corpo amolecido de Poirot deslizou para o lado de modo artístico.

– Eu realmente desabei! – ele observou. – Sim, isto foi realmente bem-pensado. Há agora algo mais importante a ser feito.

– É mesmo, senhor? – perguntou o criado.

– Sim, é preciso que eu tome um bom café da manhã.

O homenzinho riu com gosto de sua própria piada.

– O estômago, George, não pode ser ignorado.

George manteve um silêncio reprovador. Poirot desceu as escadas às gargalhadas, feliz consigo mesmo. Estava satisfeito com o rumo que as coisas tomavam.

Depois do café da manhã ele conheceu Gladys, a terceira camareira. Estava bastante interessado no que ela podia lhe contar a respeito do crime. Ela nutria simpatia por Charles, embora não tivesse dúvida de sua culpa.

– Coitado do jovem cavalheiro, senhor, parece duro, parece mesmo, mas ele devia estar fora de si naquele momento.

– Ele e a srta. Margrave devem se dar bem – sugeriu Poirot. – Afinal, são os dois únicos jovens na casa.

Gladys balançou a cabeça.

– Ela sempre o tratou com frieza. Não queria qualquer envolvimento, e sempre deixou isso bem claro.

– Ele teve uma queda por ela, não?

– Ah, coisa passageira, por assim dizer; não há nenhum mal nisso, senhor. Já o sr. Victor Astwell está realmente assediando a srta. Lily.

Ela deu uma risadinha.

– *Ah, vraiment.*

Gladys voltou a rir.

– Ele está verdadeiramente apaixonado por ela. A srta. Lily parece mesmo um lírio*, não acha, senhor? Tão alta e os cabelos de uma adorável tonalidade dourada.

– Ela deveria usar um vestido de noite verde – refletiu Poirot. – Há uma certa tonalidade de verde...

– Ela tem um, senhor – disse Gladys. – Claro, ela não pode usá-lo agora, sendo ainda manhã, mas ela usava um bem assim na noite em que *Sir* Reuben morreu.

– Deve ser um verde-claro, não um verde-escuro – disse Poirot.

– É um verde-claro, senhor. Se puder esperar um minuto eu o mostro para o senhor. A srta. Lily acaba de sair com os cachorros.

Poirot assentiu. Ele sabia tão bem disso quanto Gladys. De fato, foi somente após ter certeza de que Lily estava a uma distância segura da casa que ele tinha ido procurar a camareira. Gladys saiu apressada e retornou alguns minutos mais tarde com o vestido de noite verde-claro suspenso em um cabide.

– Maravilhoso – exclamou Poirot, unindo as mãos em admiração. – Permita-me vê-lo na luz por um momento.

Tomou o vestido de Gladys, deu as costas para ela e se dirigiu à janela. Debruçou-se sobre ele e então o estendeu pelos braços.

– É perfeito – ele declarou. – Perfeitamente estonteante. Muitíssimo obrigado por me mostrá-lo.

---

* *Lily* em inglês significa lírio. (N.T.)

– Não por isso, senhor – disse Gladys. – Sabemos que os homens franceses se interessam por vestidos femininos.

– A senhora é muito gentil – murmurou Poirot.

Observou-a se afastar mais uma vez e às pressas com o vestido. Então baixou os olhos para as suas mãos e sorriu. Na direita trazia uma tesourinha de unha, na esquerda um nítido pedaço do *chiffon* verde.

– E agora – murmurou –, à parte ousada.

Retornou para os seus aposentos e chamou George.

– Na penteadeira, meu bom George, você verá um milagre. Pegue o alfinete de gravata.

– Sim, senhor.

– No lavabo há uma solução de ácido carbólico. Peço-lhe a gentileza de mergulhar a ponta do alfinete na solução.

George fez o que lhe foi pedido. Havia muito deixara de se surpreender com as excentricidades de seu patrão.

– Está feito, senhor.

– *Très bien*! Agora se aproxime. Aqui está o meu indicador; crave a ponta do alfinete nele.

– Perdão, senhor, mas o senhor quer que eu lhe crave o alfinete?

– Mas claro. É exatamente isso o que desejo. Você precisa cravar até sair sangue, mas não muito.

George tomou o dedo do patrão. Poirot fechou os olhos e se inclinou para trás. O empregado enterrou o alfinete de gravata no dedo de Poirot, que deixou escapar um grito agudo.

– *Je vous remercie*, George – ele disse. – O que você fez é suficiente.

Puxando um pedacinho de *chiffon* verde do bolso, envolveu vivazmente o dedo nele.

– A operação produziu um milagre – ele observou, acompanhando o resultado. – Você não está curioso, George? Veja, é admirável!

O empregado recém lançara um olhar pela janela.

– Desculpe-me, senhor – ele murmurou –, um cavalheiro acaba de chegar num grande carro.

– A-ha! – disse Poirot, colocando-se rapidamente de pé. – O esquivo sr. Victor Astwell. Vou descer e me apresentar.

Poirot estava predestinado a ouvir o sr. Victor Astwell um pouco antes de vê-lo. Uma voz poderosa ecoou pelo saguão.

– Preste atenção no que está fazendo, seu idiota duma figa! Há vidro dentro da pasta. Para o diabo que o carregue, Parsons, saia da minha frente! Solte-a, seu cretino!

Poirot desceu as escadas com agilidade. Victor Astwell era um homem grande. Poirot o saudou com uma respeitosa reverência.

– Quem diabos é você? – bramiu o homenzarrão.

Poirot fez uma nova mesura.

– Sou Hercule Poirot.

– Por Deus! – disse Victor Astwell. – Então, depois de tudo, Nancy mandou buscá-lo, não é mesmo?

Ele pousou uma mão sobre o ombro de Poirot e o conduziu para a biblioteca.

– Então você é o sujeito de que tanto falavam – ele observou, olhando-o de cima a baixo. – Perdoe-me por meu linguajar de há pouco. Esse meu motorista é uma besta, e Parsons sempre me tira do sério, com essa alegria de velho cretino. Não consigo suportar idiotas com bom humor – ele disse, meio a se desculpar –, mas pelo que ouvi dizer não é este o seu caso, hein, *Monsieur* Poirot?

Ele sorriu com jovialidade.

– Aqueles que assim pensaram tiveram enormes dissabores – disse Poirot tranquilamente.

– É verdade? Bem, então Nancy o trouxe até aqui por estar com essa pulga atrás da orelha quanto ao secretário. Isso não vai dar em nada. Trefusis é mais suave que leite, chega inclusive a beber leite, creio. O camarada é um abstêmio. Que grande perda de tempo, não lhe parece?

– Se alguém tem a oportunidade de observar a natureza humana, jamais o tempo é perdido – disse Poirot em voz baixa.

– Natureza humana, hein?

Victor Astwell ficou a encará-lo, então se deixou cair sobre uma cadeira.

– Há algo que eu possa fazer pelo senhor?

– Sim, o senhor pode me dizer qual foi o teor da discussão entre o senhor e seu irmão naquela noite.

Victor Astwell balançou a cabeça.

– Nada a ver com o caso – ele disse de modo decidido.

– Ninguém pode garanti-lo – disse Poirot.

– Não tinha nada a ver com Charles Leverson.

– *Lady* Astwell acredita que Charles nada tem a ver com o assassinato.

– Oh, Nancy!

– Parsons alega que foi *Monsieur* Charles Leverson quem entrou naquela noite, mas ele não o viu. Lembre-se que ninguém o viu.

– É bastante simples. Reuben vinha repreendendo o jovem Charles ultimamente, não sem razão, devo dizer. Mais tarde ele quis vir para cima de mim. Então eu lhe disse algumas verdades, apenas para chateá-lo. Eu estava decidido a ajudar o rapaz. Pretendia vê-lo naquela noite, tentar mostrar a realidade para ele. Quando fui para o meu quarto, não me deitei. Em vez disso, deixei a porta entreaberta e sentei na cadeira para fumar. Meu quarto fica no segundo andar, *Monsieur* Poirot, e o do Charles está ao lado.

– Desculpe-me interrompê-lo, mas o sr. Trefusis também dorme no mesmo andar?

Astwell assentiu.

– Sim, o quarto dele fica logo depois do meu.

– Próximo à escada?

– Não, para o outro lado.

Uma curiosa luz iluminou o rosto de Poirot, mas o outro não a percebeu e continuou:

– Como eu ia dizendo, esperei por Charles. Escutei a porta da frente batendo, como previa, uns cinco minutos antes da meia-noite, mas não houve nenhum sinal de Charles pelos dez minutos seguintes. Quando o vi subir as escadas, percebi que não seria uma boa ideia dar-lhe uma dura naquela noite.

Ergueu seu cotovelo significativamente.

– Entendo – murmurou Poirot.

– Pobre-diabo, não conseguia sequer andar em linha reta – disse Astwell. – Além disso, estava com uma cara bastante pálida. Julguei, então, que fosse por causa do estado em que se encontrava. Claro, agora sei que aquilo tudo se devia ao fato de que acabara de cometer um crime.

Poirot interpôs uma pergunta rápida.

– O senhor não ouviu nenhum som vindo da sala da Torre?

– Não, mas o senhor deve se lembrar de que eu estava justamente no lado oposto da casa. As paredes são grossas, e não creio que pudesse escutar mesmo o disparo de uma pistola.

Poirot assentiu.

– Perguntei se ele precisava de alguma ajuda para chegar até a cama – continuou Astwell. – Mas ele disse que estava bem, entrou no quarto e bateu a porta. Eu me despi e fui deitar.

Poirot mirava o tapete, pensativo.

– O senhor tem noção, *Monsieur* Astwell – ele disse por fim –, de que seu testemunho é de extrema importância?

– Talvez sim, de certa maneira. O que o senhor quer dizer com isso?

– Que de acordo com seu testemunho, dez minutos se passaram entre a batida da porta da frente e a presença de Leverson junto às escadas. Ele disse, se não me engano, que chegou em casa e foi direto para a cama. Mas há mais do que isso. A acusação de *Lady* Astwell contra o secretário é fantástica, admito, embora até agora não tenha se provado impossível. Mas o seu testemunho cria um álibi.

– Como assim?

– *Lady* Astwell diz que deixou o marido quinze para a meia-noite, enquanto o secretário foi para a cama às onze horas. O único lapso de tempo que ele teria para cometer o crime seria entre quinze para meia-noite e o retorno de Charles Leverson. Então, se, como o senhor diz, o senhor estava sentado com a porta aberta, ele não poderia ter saído e retornado ao quarto sem que o senhor o visse.

– Sim, isso é verdade – concordou o outro.

– Não há nenhuma outra escada?

– Não, para chegar à sala da Torre ele teria que passar pela minha porta, e não passou, tenho plena certeza disso. E, de qualquer maneira, *Monsieur* Poirot, como eu havia dito há pouco, o homem é mais manso que um cura, isso posso garantir.

– Sim, sim – disse Poirot de modo sutil –, já compreendi. – Fez uma pausa. – E o senhor não me dirá qual foi o teor de sua discussão com *Sir* Reuben?

O rosto do outro adquiriu uma tonalidade vermelho-escura.

– Não arrancará nada de mim.

Poirot olhou para o teto.

– Posso sempre usar de discrição – murmurou – quando uma dama está envolvida.

Victor Astwell se pôs de pé num salto.

– Desgraçado, como ousa... O que está insinuando?

– Estou pensando – disse Poirot – na srta. Lily Margrave.

Victor Astwell ficou ali parado, indeciso, por cerca de dois minutos, depois dos quais sua cor se normalizou e ele voltou a sentar.

– O senhor é esperto demais para mim, *Monsieur* Poirot. Sim, era por causa de Lily que discutíamos. Reuben queria prejudicar a garota; ele havia futricado ou descoberto algo sobre ela, falsas referências, algo dessa natureza. Eu, particularmente, não acredito numa vírgula do que ele disse.

"E então ele seguiu nessa linha, passando dos limites aceitáveis, falando de como ela roubava à noite e levava os ganhos para um comparsa do lado de fora. Meu Deus! Não pude deixar de retrucar. Disse a ele que por muito menos homens melhores do que ele tinham perdido a vida. Aquilo foi suficiente para que se calasse. Reuben tinha certo receio de mim quando eu enveredava por esse caminho."

– Mal posso imaginar por quê – murmurou polidamente Poirot.

– Lily Margrave não me sai da cabeça – disse Vitor em outro tom. – Uma ótima garota, dos pés à cabeça.

Poirot não respondeu. Olhava para um ponto à sua frente, aparentemente perdido em abstrações. Retornou de forma brusca de seu alheamento.

– Eu devo, me parece, esticar um pouco as pernas. Há um hotel aqui por perto, não é?

– Dois – disse Victor Astwell –, o Golf Hotel, lá perto do campo, e o Mitre, próximo à estação.

– Muito obrigado – disse Poirot. – Sim, com certeza devo dar uma esticada nas pernas.

O Golf Hotel, como o próprio nome diz, localiza-se junto ao campo de golfe, quase ao lado da sede do clube. Foi para lá que Poirot primeiro se dirigiu no trajeto da "esticada de pernas" que ele a si mesmo advertira que iria empreender. O homenzinho tinha sua própria maneira de agir. Três minutos após ter entrado no Golf Hotel, já estava numa conversa privada com a srta. Langdon, a gerente.

– De qualquer modo, lamento por incomodá-la, *mademoiselle* – disse Poirot –, mas a senhorita sabe, sou um detetive.

A simplicidade sempre o atraiu. Nesse caso, o método se mostrou de uma eficácia imediata.

– Um detetive! – exclamou a srta. Langdon, olhando-o descrente.

– Não da Scotland Yard – garantiu-lhe Poirot. – Seguramente a senhorita já notou que não sou inglês, certo? Bem, estou aqui para fazer perguntas de caráter privado sobre a morte de *Sir* Reuben Astwell.

– O que o senhor está me dizendo! – A srta. Langdon olhou com firmeza e expectativa.

– Precisamente – disse Poirot de modo simpático. – Somente para uma pessoa com sua descrição eu poderia revelar esta informação. Acredito, *mademoiselle*, que a senhorita pode me ajudar. Saberia me dizer se algum cavalheiro hospedado aqui na noite do assassinato se ausentou naquela oportunidade, retornando por volta da meia-noite ou meia hora depois?

Os olhos da srta. Langdon se arregalaram mais do que nunca.

– O senhor não acha que...? – ela tomou ar.

– Que o assassino esteve por aqui? Não, mas tenho razões para acreditar que um de seus hóspedes deu uma caminhada até Mon Repos naquela noite, e, se isso ocorreu, é possível que tenha visto alguma coisa que pode ser insignificante para ele, mas bastante útil para mim.

A gerente meneou a cabeça sobriamente, com um ar de quem estivesse acostumada a lidar com os anais da lógica investigativa.

– Entendo perfeitamente. Bem, vejamos; quem esteve hospedado aqui?

Ela franziu o cenho, passando, é claro, os nomes em sua cabeça e usando, vez ou outra, para auxiliar a memória, o livro de registro ao alcance dos dedos.

– Capitão Swann, sr. Elkins, major Blyunt, o velho sr. Benson. Não, na verdade, senhor, não creio que nenhum deles tenha saído naquela noite.

– Certamente a senhorita teria percebido se isso acontecesse, não?

– Ah, sim, senhor, não é algo comum, como pode ver? Quero dizer, os cavalheiros saem para jantar ou algo semelhante, mas não saem depois do jantar, porque... bem, não há nada para fazer lá fora, há?

A atração em Abbots Cross era o golfe e nada além do golfe.

– De fato – concordou Poirot. – Então, até onde consegue lembrar, *mademoiselle*, nenhum dos hóspedes saiu naquela noite?

– O capitão England e sua esposa saíram para jantar.

Poirot balançou a cabeça.

– Não é isso que estou procurando. Tentarei no outro hotel; o Mitre, não é mesmo?

– Ah, o Mitre – disse a srta. Langdon. – Claro, qualquer um hospedado por *lá* pode ter saído para a tal caminhada.

O desprezo com que havia dito isso, ainda que vago, era evidente, e Poirot cuidadosamente bateu em retirada.

Dez minutos depois, repetia a cena, desta vez com a srta. Cole, a rude gerente do Mitre, um hotel menos pretensioso e de diárias mais baixas, localizado junto à estação.

– Um cavalheiro saiu naquela noite, retornando por volta da meia-noite e meia, até onde consigo lembrar. Um hábito bastante estranho, sair para caminhar a uma hora dessas. Ele já havia feito isso antes, uma ou duas vezes. Deixe-me ver, qual seu nome mesmo? No momento não consigo me lembrar.

Ela trouxe um grande livro de registro para perto de si e começou a virar as páginas.

– Décimo nono, vigésimo, vigésimo primeiro. Ah, aqui está. Naylor, Capitão Humphrey Naylor.

– Ele já se hospedara aqui antes? A senhora o conhece bem?

– Uma vez – disse a srta. Cole –, há uns quinze dias. Ele saiu à noite, lembro bem.

– Ele veio jogar golfe, certo?

– Acredito que sim – disse a srta. Cole. – É a principal razão para os cavalheiros virem até aqui.

– É verdade – disse Poirot. – Bem, *mademoiselle*, agradeço-lhe profundamente e lhe desejo um bom dia.

Retornou a Mon Repos com um rosto bastante pensativo. Vez ou outra, retirava alguma coisa do bolso e a olhava.

– É preciso fazê-lo – murmurou para si mesmo –, e logo, assim que eu conseguir armar a oportunidade.

O primeiro procedimento que adotou ao entrar na casa foi perguntar a Parsons pelo paradeiro da srta. Margrave. Foi-lhe dito que ela estava no pequeno estúdio cuidando da correspondência de *Lady* Astwell, e a informação pareceu garantir a satisfação de Poirot.

Encontrou o pequeno estúdio sem maiores dificuldades. Lily Margrave estava sentada à escrivaninha, junto à janela, escrevendo. Mas para ela a sala estava vazia. Poirot cuidadosamente fechou a porta às suas costas e seguiu em direção à garota.

– Posso, por gentileza, ter um minuto de seu tempo, *mademoiselle*?

– Com certeza.

Lily Margrave colocou os papéis de lado e se voltou na direção dele.

– O que posso fazer pelo senhor?

– Pelo que sei, *mademoiselle*, na noite da tragédia, assim que *Lady* Astwell foi ver o marido a senhorita foi direto para a cama. Correto?

Lily Margrave assentiu.

– Por acaso, a senhorita não voltou a descer?

A garota negou com a cabeça.

– Creio, *mademoiselle*, que a senhorita disse que em nenhum momento naquela noite esteve na sala da Torre, não é?

– Não me lembro de ter dito isso, mas, seja como for, é a pura verdade. Não estive na sala da Torre naquela noite.

Poirot ergueu as sobrancelhas.

– Curioso – ele murmurou.

– Como assim?

– Muito curioso – murmurou Poirot outra vez. – Como a senhorita pode, então, me explicar isto?

Puxou do bolso uma pequena tira manchada de *chiffon* verde e a estendeu para que a garota pudesse examinar.

A expressão dela não mudou, mas ele teve a nítida impressão de que sua respiração se alterara.

– Não estou entendendo, *Monsieur* Poirot.

– A senhorita usava, pelo que sei, um vestido verde de *chiffon* naquela noite, *mademoiselle.* Isto aqui – e tocou a tira com os dedos – é um pedaço que se rasgou dele.

– E o senhor o encontrou na sala da Torre? – perguntou a garota com rispidez. – Onde? Em que lugar?

Hercule Poirot olhou para o teto.

– Por enquanto podemos dizer apenas na sala da Torre?

Pela primeira vez, um vislumbre de medo passou pelos olhos da garota. Ela começou a falar, mas então se controlou. Poirot observava suas pequenas mãos brancas cruzadas sobre a ponta escrivaninha.

– Tentava me lembrar se eu tinha estado na sala da Torre naquela noite – ela meditou. – Antes do jantar, quero dizer. Acho que não. Tenho quase certeza. Se esta tira do vestido estivesse na sala da Torre por todo esse tempo, parece-me algo um tanto extraordinário que a polícia não a tivesse encontrado imediatamente.

– A polícia – disse o homenzinho – não pensa nas coisas que Hercule Poirot pensa.

– Devo ter entrado ali às pressas um pouco antes do jantar – refletiu Lily Margrave – ou então a tira já estava por ali na noite anterior. Eu tinha usado o mesmo vestido na ocasião. Sim, tenho quase certeza de que foi na noite anterior.

– Acredito que não – disse Poirot em tom neutro.

– Por quê?

Ele apenas moveu a cabeça lentamente, de um lado para o outro.

– O que o senhor quer dizer? – sussurrou a garota.

Ela se inclinava para frente, encarando-o, o rosto pálido por completo.

– A senhorita não percebeu, *mademoiselle*, que este fragmento está manchado? Não há qualquer dúvida, a mancha é de sangue humano.

– O senhor quer dizer...

– Quero dizer que a senhorita esteve na sala da Torre *depois* que o crime foi cometido, não antes. Creio que será sábio de sua parte me contar toda a verdade, para que o pior não recaia sobre a senhorita.

Ele se pôs de pé, a pequena e austera figura de um homem, o indicador apontado acusadoramente para a garota.

– Como o senhor descobriu? – deixou escapar Lily.

– Não importa, *mademoiselle*. Eu lhe disse que Hercule Poirot *sabe*. Sei de tudo sobre o capitão Humphrey Naylor, e que a senhorita foi encontrá-lo naquela noite.

Lily subitamente enfiou a cabeça entre os braços e desandou a chorar. De imediato, Poirot abandonou sua atitude inquiridora.

– Calma, calma, minha menina – ele disse, acariciando o ombro da garota. – Não se aflija. É impossível enganar o detetive Hercule Poirot; assim que você aceitar esta realidade, seus problemas estarão terminados. E agora você me contará a história toda, não? Vamos, abra seu coração para mim.

– Não é nada do que o senhor está pensando, nada mesmo. Humphrey é meu irmão, jamais tocou num fio de cabelo do morto.

– Seu irmão, hein? – disse Poirot. – Então assim estão as coisas. Bem, se a senhorita quer evitar que a suspeita recaia sobre ele, é melhor me contar toda a história, sem deixar nada de fora.

Lily voltou a se sentar, afastando os cabelos que lhe haviam caído sobre a testa. Depois de alguns minutos, começou a falar, numa voz baixa e clara.

– Vou lhe contar a verdade, *Monsieur* Poirot. Vejo que seria absurdo tentar qualquer coisa diferente disso. Meu nome verdadeiro é Lily Naylor, e Humphrey é meu único irmão. Alguns anos atrás, quando ele estava na África, descobriu uma mina de ouro, ou melhor, devo dizer, descobriu a presença de ouro. Não tenho como lhe relatar esta parte com propriedade, porque não entendo dos detalhes técnicos, mas o resultado foi o seguinte:

"A descoberta parecia ser bastante promissora, e Humphrey voltou para casa com cartas endereçadas a *Sir* Reuben Astwell, esperançoso de que ele se interessasse pela questão. Ainda não entendo bem os trâmites, mas soube que *Sir* Reuben enviou um especialista para fazer um relatório e que posteriormente disse a meu irmão que o relatório do especialista fora desfavorável e que ele, Humphrey, cometera um grande equívoco. Meu irmão retornou à África e partiu numa expedição para o interior. Não se soube mais notícias dele. Supôs-se que ele e a expedição haviam perecido.

"Um pouco depois disso, formou-se uma companhia para explorar as jazidas de ouro de Mpala. Quando meu irmão retornou à Inglaterra, logo concluiu que essas jazidas eram idênticas às que ele havia descoberto. *Sir* Reuben aparentemente não tinha nada a ver com esta companhia, e até onde se sabia eles haviam descoberto o lugar por conta própria. Mas meu irmão não ficou satisfeito: ele estava convencido de que *Sir* Reuben, de modo deliberado, enganara-o.

"Ele se tornou mais e mais violento e descontente com o assunto. Nós dois somos sozinhos no mundo, *Monsieur* Poirot, e como nessa época seria necessário eu buscar meu próprio sustento, arquitetei a ideia de ocupar uma posição nesta casa para descobrir se havia alguma conexão entre *Sir* Reuben e a empresa que explora as jazidas de ouro de Mpala. Por razões óbvias, escondi meu nome, e serei obrigada a admitir, com toda franqueza, que forjei minhas referências.

"Havia várias candidatas para o posto, grande parte delas com um currículo muito melhor do que o meu, então, bem, *Monsieur* Poirot, escrevi uma bela carta da duquesa de Perthshire, que eu sabia que havia partido para a América. Eu acreditava que uma duquesa teria um efeito poderoso sobre *Lady* Astwell, e eu estava certíssima. Ela me escolheu para a vaga.

"Desde então tenho me comportado de maneira odiosa, como uma espiã, e até recentemente sem qualquer sucesso. *Sir* Reuben não é o tipo de homem que revela seus segredos de negócio, mas quando Victor Astwell retornou da África, ele se tornou menos reservado em suas conversas, e comecei a acreditar que, afinal, Humphrey não se enganara. Meu irmão apareceu por aqui uns quinze dias antes do assassinato, e eu me esgueirei secretamente para fora da casa para encontrá-lo à noite. Eu lhe repassei as coisas que Victor Astwell tinha dito, e ele ficou muito animado, garantindo-me que eu estava no caminho certo.

"Mas depois disso as coisas começaram a dar errado. Alguém deve ter me visto quando saí da casa e relatou o ocorrido a *Sir* Reuben. Isso levantou sua desconfiança e ele foi investigar minhas referências, e logo descobriu que eram forjadas. A crise sobreveio no dia do crime. Creio que ele achava que estava atrás das joias de sua mulher. Quaisquer que fossem suas suspeitas, ele não tencionava deixar que eu passasse nem mais um dia em Mon Repos, embora ele tivesse concordado em não me processar por causa das referências falsas. *Lady* Astwell ficou do meu lado durante todo o processo e enfrentou *Sir* Reuben com valentia."

Ela fez uma pausa. O rosto de Poirot refletia uma pesada gravidade.

– E então, *mademoiselle* – ele disse –, chegamos à noite do crime.

Lily engoliu com dificuldade e assentiu com a cabeça.

– Antes de mais nada, *Monsieur* Poirot, devo lhe contar que meu irmão voltou a aparecer por aqui, e que eu já havia encontrado uma maneira de escapar outra vez. Fui até meu quarto, conforme eu disse, mas não me deitei. Em vez disso, esperei até que me parecesse que todos estavam dormindo, e então desci a escada e saí pela porta lateral. Encontrei Humphrey e lhe contei em poucas palavras o que havia ocorrido. Disse-lhe que eu achava que os papéis que ele queria estavam no cofre de *Sir* Reuben na sala da Torre, e concordamos em nos arriscar naquela noite numa última aventura desesperada em busca das provas.

"Combinamos que eu iria primeiro para ver se o caminho estava livre. Escutei as doze badaladas do relógio da igreja ao entrar pela porta lateral. Já estava na metade da escada que leva à sala da Torre quando escutei o barulho de alguma coisa caindo e uma voz que disse, "Meu Deus!" Uns dois minutos depois, a porta da sala da Torre foi aberta, e Charles Leverson saiu. Pude ver perfeitamente seu rosto iluminado pela luz do luar, mas eu estava encolhida num canto da escada, protegida pelas sombras, de forma que ele não pôde me ver.

"Ele ficou ali parado por um momento, oscilando sobre os pés e parecendo aterrado. Dava a impressão de estar escutando alguma coisa. Depois, aparentando muito esforço, ele conseguiu se recuperar e, abrindo a porta da sala da Torre, disse algo sobre não ter levado a sério o que foi dito. Sua voz soou bastante alegre e jovial, mas seu rosto desmentia o tom adotado. Esperou mais um minuto e então, vagarosamente, seguiu pela escada para o andar de cima até sumir de vista.

"Depois que ele se foi, esperei mais um tempinho e então me esgueirei até a porta da sala da Torre. Tive o pressentimento de que alguma coisa trágica tinha ocorrido. A luz de cima estava apagada, mas a da escrivaninha estava acesa, e isso foi suficiente para eu ver que *Sir* Reuben estava estendido no chão junto ao pé da mesa. Não sei como consegui, mas controlei meus nervos e me ajoelhei ao lado dele. Logo percebi que estava morto, derrubado com um golpe que o atingiu por trás e também que não fazia muito que morrera. Toquei a mão dele, e ela ainda estava quente. Foi horrível, *Monsieur* Poirot. Horrível!"

Ela estremeceu novamente com a lembrança.

– E depois? – perguntou Poirot, olhando-a de modo penetrante.

Lily Margrave assentiu.

– Sim, *Monsieur* Poirot, sei o que o senhor está pensando. Por que não dei o alarme e acordei a casa? Era o que eu deveria ter feito, eu sei, mas então me ocorreu de súbito, enquanto eu ainda estava ajoelhada, que minha briga com *Sir* Reuben, somada à saída para encontrar Humphrey e ao fato de que logo eu seria dispensada comporiam uma sequência fatal. Eles diriam que eu tinha facilitado a entrada de Humphrey e que ele, por vingança, teria matado *Sir* Reuben. Se eu dissesse que tinha visto Charles Leverson deixar a sala, ninguém me daria ouvidos.

"Foi terrível, *Monsieur* Poirot! Eu fiquei ali ajoelhada, imersa num turbilhão de pensamentos, e, quanto mais eu pensava, mais meus nervos se agitavam. Naquele instante, percebi a chave que tinha caído do bolso de *Sir* Reuben, quando ele tombou no chão. No molho estava a chave do cofre, cuja combinação eu já conhecia, pois certa vez *Lady* Astwell a mencionara e eu a ouvi. Segui em direção ao cofre, *Monsieur* Poirot, destravei-o e passei a vasculhar os papéis que estavam lá dentro.

"Por fim, encontrei o que estava procurando. Humphrey tinha toda razão. *Sir* Reuben estava por trás da companhia de mineração em Mpala, e ele havia deliberadamente enganado Humphrey. Isto piorava ainda mais as coisas. Fornecia um motivo definitivo e perfeito para que Humphrey tivesse cometido o crime. Coloquei os papéis de volta no cofre, deixei a chave na porta e subi de imediato para o meu quarto. Pela manhã, quando a criada descobriu o corpo, fingi estar surpresa e apavorada como todos na casa."

Ela se deteve e olhou de forma lastimosa para Poirot.

– O senhor precisa acreditar em mim, *Monsieur* Poirot. Oh, o senhor precisa acreditar em mim!

– Acredito, *mademoiselle* – disse Poirot. – A senhorita me explicou diversas coisas que ainda me intrigavam. A sua absoluta certeza, em primeiro lugar, de que Charles Leverson cometera o crime e, ao mesmo tempo, seus persistentes esforços em me manter afastado daqui.

Lily assentiu.

– Eu tinha medo do senhor – ela admitiu com franqueza. – *Lady* Astwell não tinha como saber, como eu sabia, que Charles era o culpado, nem eu poderia dizer a ela nada a respeito. Apesar de tudo, eu tinha esperanças de que o senhor não aceitasse o caso.

– Mas, graças àquela sua evidente ansiedade, acabei tendo que aceitá-lo – disse Poirot, irônico.

Lily olhou para ele rapidamente, os lábios tremendo de leve.

– E então, *Monsieur* Poirot... O que o senhor fará agora?

– No que lhe diz respeito, *mademoiselle*, nada. Acredito na sua história e vou considerá-la. O próximo passo é ir a Londres encontrar o inspetor Miller.

– E depois? – perguntou Lily.

– E depois – disse Poirot –, depois veremos.

Fora do estúdio, ele lançou mais um olhar para o pequeno retalho de *chiffon* verde manchado que trazia em sua mão.

– Impressionante – murmurou para si mesmo – a engenhosidade de Hercule Poirot.

O inspetor Miller não nutria especial admiração por Hercule Poirot. Não fazia parte do pequeno círculo de inspetores da Yard que aceitavam de bom grado a colaboração do pequeno belga. Acostumara-se a dizer que a figura de Hercule Poirot era supervalorizada. Naquele caso em específico, sentia-se bastante seguro de suas conclusões e, por isso, saudou Poirot de forma bem-humorada.

– Trabalhando para *Lady* Astwell, não é mesmo? Bem, o senhor já chegou com o caso prontinho e resolvido, uma belezura.

– Quer dizer que não há qualquer dúvida sobre o assunto?

Miller piscou.

– Nunca houve caso tão simples, em que o criminoso foi praticamente pego com a mão na massa.

– *Monsieur* Leverson prestou depoimento, certo?

– Era melhor que tivesse ficado de boca fechada – disse o detetive. – Repetiu sem parar que seguiu direto para o quarto e que não passou nem perto da sala do tio. Pode-se ver de cara que não passa de conversa fiada.

– Certamente vai de encontro ao peso da evidência – murmurou Poirot. – Qual sua impressão sobre o jovem *Monsieur* Leverson?

– Um idiota total e completo.

– De personalidade fraca, não?

O inspetor concordou.

– Dificilmente alguém poderia acreditar que um jovem como esse teria coragem para cometer tal tipo de crime.

– À primeira vista, não – concordou o inspetor. – Mas, bendito seja, pensei diversas vezes nesta questão. Pegue um jovem dissipador e fraco e o encurrale, acrescente aí uma boa dose de bebida e, por um curto espaço de tempo, pode-se transformá-lo num cuspidor de fogo. Um homem fraco encurralado é mais perigoso que um homem forte.

– Sim, isso que o senhor diz é verdade.

Miller inclinou-se um pouco mais para frente.

– Claro, não há mal nenhum nisso, *Monsieur* Poirot – ele disse. – O senhor recebe a sua comissão da mesma maneira, e naturalmente é preciso simular uma investigação para satisfazer a dama que o contratou. Isto é compreensível.

– O senhor realmente tem um entendimento interessante das coisas – murmurou Poirot, e tomou o caminho da saída.

Seu próximo encontro foi com o representante legal de Charles Leverson. O sr. Mayhew era um cavalheiro magro, seco e cauteloso. Recebeu Poirot com reserva, mas este, no entanto, tinha sua própria maneira de transmitir confiança. Em dez minutos, os dois conversavam de modo amigável.

– O senhor deve entender – disse Poirot – que ajo neste caso somente em defesa do sr. Leverson. Este é o desejo de *Lady* Astwell. Ela está convencida de que ele não tem culpa de nada.

– Sim, sim, é verdade – disse o sr. Mayhew sem entusiasmo.

Os olhos de Poirot faiscaram.

– O senhor não parece dar muito valor às opiniões de *Lady* Astwell, correto?

– Amanhã mesmo ela pode estar convencida da culpa dele – disse o advogado secamente.

– As intuições dela não são, com certeza, evidências – concordou Poirot –, e, em função disso, o caso se afigura bastante sinistro para o pobre jovem.

– É uma pena que ele tenha insistido naquela história com a polícia – disse o advogado. – De nada servirá ele se aferrar a essa história.

– Para o senhor também ele mantém a mesma versão? – inquiriu Poirot.

Mayhew assentiu.

– Não muda uma vírgula. Repete a mesma ladainha como um papagaio.

– E isso é o que destrói a fé do senhor nele – refletiu o outro. – Ah, não negue – acrescentou rapidamente, erguendo a mão. – Posso ver com clareza. No íntimo, o senhor acredita que ele é culpado. Mas me escute agora, escute a versão de Hercule Poirot para o caso.

"Nosso jovem chega em casa, bebeu drinques atrás de drinques, certamente alguns uísques com soda. Ele está tomado pela, como se chama?, empáfia da bebida, e nesse estado de espírito, ele entra em casa pela porta da frente e vai a passos trôpegos até a sala da Torre. Ele espia através da porta e vê o tio meio à sombra, aparentemente inclinado sobre a escrivaninha.

"*Monsieur* Leverson está tomado, como bem dissemos, pela empáfia da bebida. Ele se solta, diz ao tio tudo o que pensa dele. Desafia-o, insulta-o e, quanto mais o tio se nega a lhe responder, mais ele se encoraja para prosseguir, repetindo o que já havia dito, novamente, e sempre mais alto. Até que finalmente o silêncio constante do tio lhe provoca uma apreensão. Ele se aproxima mais, toca com a mão o ombro do tio, e esse desaba sob o seu toque, deslizando para o chão.

"Ele fica sóbrio, então, nosso *Monsieur* Leverson. A cadeira cai junto com um estrondo, e ele se inclina sobre *Sir* Reuben. Ele percebe o que aconteceu, olha para as mãos cobertas pelo líquido quente e vermelho. Então o pânico o domina, ele daria qualquer coisa para apagar o grito que acabara de escapar de seus lábios, ecoando pela casa. Mecanicamente ele ergue a cadeira, e então sai apressado pela porta e aguça os ouvidos. Ele acredita ter escutado algum tipo de som, e então, imediatamente, automaticamente, finge estar conversando com o tio através da porta aberta.

"O som não se repete. Ele está convencido de que se equivocou ao pensar que ouviu alguma coisa. Agora tudo é silêncio, ele se arrasta até seu quarto, e lhe ocorre que o melhor será fingir que nunca esteve próximo do quarto do tio naquela noite. Então ele apresenta sua versão da história. Parsons, naquele momento, lembre-se, ainda não havia dito que escutara alguma coisa. Quando ele o faz, é tarde demais para *Monsieur* Leverson mudar sua versão. Ele é estúpido e obstinado, de modo que prefere se aferrar ao que inventou. Diga-me, *monsieur*, se isto não lhe parece possível?

– Sim – disse o advogado –, acredito que da maneira como o senhor apresentou a situação isso seja possível.

Poirot se pôs de pé.

– O senhor tem o privilégio de poder entrar em contato com *Monsieur* Leverson – ele disse. – Apresente-lhe a minha versão e pergunte ao seu cliente se não é essa a verdade.

Em frente ao escritório do advogado, Poirot tomou um táxi.

– Harley Street, 348 – murmurou para o motorista.

A partida de Poirot para Londres pegou *Lady* Astwell de surpresa, pois o homenzinho não fizera qualquer menção do que pretendia fazer. Ao retornar, após a ausência de um dia, ele foi informado por Parsons que *Lady* Astwell gostaria de vê-lo assim que possível. Poirot encontrou a dama em sua suíte. Ela estava estendida sobre um divã, a cabeça apoiada em almofadas, e parecia impressionantemente doente e cansada; muito mais do que aparentava no dia em Poirot tinha chegado.

– Então o senhor voltou, *Monsieur* Poirot?

– Retornei, madame.

– Esteve em Londres?

Poirot concordou.

– O senhor não me avisou que estava indo – disse *Lady* Astwell com aspereza.

– Mil desculpas, madame. Admito meu erro, deveria tê-la avisado. *La prochaine fois**...

– O senhor fará da mesma maneira – interrompeu *Lady* Astwell com um perspicaz toque de humor. – Fazer primeiro e comunicar depois, esse é o seu verdadeiro lema.

---

* A próxima vez. Em francês no original. (N.T.)

– Não seria o de madame também?

Os olhos dele brilharam.

– De vez em quando, talvez – admitiu a outra. – Qual a razão de sua viagem a Londres, *Monsieur* Poirot? Pode me dizer agora, suponho?

– Fui me encontrar com o bom inspetor Miller, e também com o excelente sr. Mayhew.

Os olhos de *Lady* Astwell lhe perscrutaram a face.

– E então, o senhor acha que...? – ela perguntou lentamente.

Os olhos de Poirot estavam cravados em sua face.

– Há uma possibilidade de que Charles seja inocente – ele disse com gravidade.

– Ah! – *Lady* Astwell se ergueu parcialmente, fazendo rolar duas almofadas para o chão. – Então eu estava certa. Eu estava certa!

– Falei em possibilidade, madame, apenas isso.

Alguma coisa em seu tom pareceu tocá-la. Ela se ergueu sobre um dos cotovelos e encarou-o de forma penetrante.

– Posso fazer alguma coisa? – ela perguntou.

– Sim – ele assentiu com a cabeça –, a senhora pode me dizer, *Lady* Astwell, por que suspeita de Owen Trefusis?

– Eu tinha lhe dito que eu *sabia*. Isto é tudo.

– Infelizmente, isso não é o suficiente – disse Poirot com secura. – Faça um esforço para recuperar a noite fatal, madame. Relembre de cada detalhe, cada pequeno acontecimento. O que a senhora viu ou observou em relação ao secretário? Eu, Hercule Poirot, lhe digo que deve haver *alguma coisa*.

Lady Astwell balançou a cabeça.

– Eu mal o vi naquela noite – ela disse –, e certamente não pensei nele uma vez sequer.

– Sua mente estava ocupada com outra coisa?

– Sim.

– Com a animosidade de seu marido contra a srta. Lily Margrave?

– Exato – disse *Lady* Astwell, assentindo. – O senhor parece saber todas as coisas, *Monsieur* Poirot.

– Eu, eu sei de tudo – declarou o homenzinho com um absurdo ar de grandiosidade.

– Tenho muita estima por Lily, *Monsieur* Poirot, o senhor viu com os próprios olhos. Reuben começou a fazer um escarcéu a respeito das referências dela. Entenda. Não estou dizendo que ela não mentiu a respeito. Ela mentiu. Mas, bendito seja, eu fiz coisas muito piores nos velhos tempos. Você precisa ter todo o tipo de truques na manga para sobreviver aos empresários do teatro. Não há nada que eu não tenha escrito, dito ou feito na minha época.

"Lily queria este emprego, e ela colocou várias informações que não são bem... legítimas, o senhor sabe. Os homens são tão estúpidos para esse tipo de coisa; Lily teria que ser uma funcionária de banco que tivesse roubado milhões para justificar o escândalo que ele fez. Passei terrivelmente preocupada toda aquela noite, porque, embora no final eu geralmente conseguisse resolver as coisas com Reuben, às vezes ele dava uma de cabeça-dura, pobrezinho. Então é claro que não tive tempo de reparar no secretário, não que alguém jamais repare muito no sr. Trefusis. Ele está por ali e isso é tudo o que se pode reparar."

– Reparei nessa característica do sr. Trefusis – disse Poirot. – Ele não possui uma personalidade que se destaque, que brilhe, que provoque qualquer coisa.

– Não – disse *Lady* Astwell –, ele não é como Victor.

– *Monsieur* Victor Aswell é, devo dizer, explosivo.

– Essa é uma ótima palavra para defini-lo – disse *Lady* Astwell. – Pode-se ouvi-lo explodir pela casa toda, como um desses fogos de artifício.

– De pavio curto, suponho? – sugeriu Poirot.

– Ah, ele é o diabo em pessoa quando está agitado – disse *Lady* Astwell –, mas, por sorte, não *tenho* medo dele. Victor é um cão que ladra, mas não morde.

Poirot olhou para o teto.

– E a senhora nada tem a me dizer sobre o secretário naquela noite? – ele murmurou com delicadeza.

– É como lhe digo, *Monsieur* Poirot. Eu *sei*. É intuição. Intuição feminina...

– Não basta para enforcar um homem – disse Poirot –, e também não fará com que outro não seja enforcado. *Lady* Astwell, se a senhora acredita sinceramente que *Monsieur* Leverson é inocente, e que suas suspeitas em relação ao secretário são bem-fundamentadas, consentiria num pequeno experimento?

– Que tipo de experimento? – questionou *Lady* Astwell com desconfiança.

– Permitiria que eu a colocasse sob influência hipnótica?

– Para quê?

Poirot se inclinou para frente.

– Se eu lhe dissesse, madame, que essa sua intuição está baseada em certos fatos registrados de forma subconsciente, a senhora provavelmente agiria com ceticismo. Desse modo, direi apenas que esse experimento que proponho pode ser de grande importância para o desafortunado jovem Charles Leverson. A senhora terá coragem de recusar?

– Quem me colocará em transe? – quis saber *Lady* Astwell com descrença. – O senhor?

– Um amigo meu, *Lady* Astwell, que está chegando, se não me engano, neste exato minuto. Posso ouvir o barulho das rodas lá fora.

– Quem é ele?

– Um certo dr. Cazalet de Harley Street.

– Ele é de confiança? – perguntou apreensiva *Lady* Astwell.

– Não se trata de um charlatão, se é isso o que a senhora quer dizer. Pode confiar nele plenamente.

– Bem – disse *Lady* Astwell com um suspiro –, acho que isso tudo não passa de uma bobajada, mas o senhor pode tentar, se quiser. Ninguém poderá dizer que eu o atrapalhei.

– Muitíssimo obrigado, madame.

Poirot saiu da suíte às pressas. Retornou em poucos minutos, trazendo consigo um homem pequeno e alegre, de rosto redondo, de óculos, uma figura que nada tinha a ver com a imagem que *Lady* Astwell fazia de um hipnotizador. Poirot o apresentou.

– Bem – disse *Lady* Astwell de bom humor –, como começamos essa tolice?

– É muito simples, *Lady* Astwell, muito simples – disse o pequeno doutor. – Apenas se recoste, isso, assim. Não se sinta apreensiva.

– Não me sinto nem um pouco apreensiva – disse *Lady* Astwell. – Quero ver alguém me hipnotizar contra minha vontade.

O dr. Cazalet sorriu abertamente.

– Sim, mas se a senhora consente, não será contra sua vontade, certo? – ele disse com bonomia. – Isso mesmo. O senhor pode apagar a outra luz, *Monsieur* Poirot? Isso, mergulhe no sono, *Lady* Astwell.

Ele mudou um pouquinho de posição.

– Está ficando tarde. A senhora está com sono, muito sono. Suas pálpebras estão pesadas, estão se fechando... fechando... fechando. Logo a senhora estará dormindo...

Sua voz se aprofundou, baixa, suave e monótona. Então ele se inclinou para frente e ergueu delicadamente a pálpebra direita de *Lady* Astwell e se voltou para Poirot, assentindo com satisfação.

– Tudo certo – ele disse em voz baixa. – Posso prosseguir?

– Por favor.

O médico falou de modo ríspido e autoritário:

– A senhora está dormindo, *Lady* Astwell, mas vai me ouvir e responder a todas as minhas perguntas.

Sem se mover ou mexer uma pálpebra, a figura imóvel sobre o sofá respondeu numa voz baixa e monótona:

– Posso ouvi-lo. Responderei às suas perguntas.

– *Lady* Astwell, quero que a senhora retorne à noite em que seu marido foi morto. Lembra-se daquela noite?

– Sim.

– A senhora está na mesa de jantar. Descreva-me o que viu e sentiu.

A figura deitada se mexeu, um pouco menos relaxada.

– Estou muito aflita, preocupada com Lily.

– Sabemos disso. Fale-nos do que a senhora viu.

– Victor está comendo todas as amêndoas salgadas; ele é insaciável. Amanhã pedirei a Parsons que não coloque o prato naquele lado da mesa.

– Prossiga, *Lady* Astwell.

– Reuben está de mau humor esta noite. Não creio que seja só por causa de Lily. Tem alguma coisa a ver com os negócios. Victor olha para ele de um jeito estranho.

– Fale-nos sobre o sr. Trefusis, *Lady* Astwell.

– A manga esquerda de sua camisa está puída. O cabelo dele está empapado de brilhantina. Gostaria que os homens não usassem isso, estraga os estofados da sala de estar.

Cazelet olhou para Poirot; o outro fez um movimento com a cabeça.

– O jantar já acabou, *Lady* Astwell, a senhora está tomando café. Descreva-me a cena.

– O café está bom hoje à noite. Isso varia muito. A cozinheira não é nada confiável em relação ao café. Lily não para de olhar para a janela, não sei por quê. Agora Reuben entra na sala; ele está num de seus piores humores esta noite e lança os maiores impropérios contra o coitado do sr. Trefusis, que traz na mão um corta-papéis, um que é bem comprido e afiado, como uma faca. Ele aperta com força o corta-papéis. Suas juntas estão muito brancas. Veja, ele cravou com tanta força o instrumento na mesa que a ponta chegou a estalar. Ele o segura como alguém seguraria um punhal que quisesse cravar em alguém. Veja, agora os dois estão saindo juntos. Lily está usando o seu vestido verde; ela fica tão bem nessa cor, como se fosse um lírio. Devo mandar lavar as colchas na próxima semana.

– Um minuto, *Lady* Astwell.

O médico se reclinou na direção de Poirot.

– Acho que já conseguimos – ele murmurou. – Esses movimentos com o corta-papéis, foi isso que a convenceu de que o secretário estava por trás de tudo.

– Sigamos agora para a sala da Torre.

O doutor assentiu e, com voz alta e decidida, começou a fazer mais perguntas para *Lady* Astwell.

– É mais tarde, na mesma noite. A senhora está na sala da Torre com seu marido. Os dois tiveram uma discussão terrível, certo?

Novamente a figura voltou a se mexer de modo incômodo.

– Sim... Terrível... terrível. Dissemos coisas hediondas um para o outro.

– Não se preocupe com isso agora. A senhora pode ver a sala com clareza, as cortinas estão puxadas, as luzes acesas.

– Não a luz de cima, só a da escrivaninha.

– A senhora está deixando o seu marido agora, a senhora lhe diz boa noite.

– Não, eu estava furiosa demais.

– É a última vez que a senhora o verá; logo ele será morto. A senhora sabe quem o matou, *Lady* Astwell?

– Sim. O sr. Trefusis.

– Por que a senhora diz isso?

– Por causa da saliência... da saliência na cortina.

– Havia uma saliência na cortina?

– Sim.

– A senhora a viu?

– Sim, quase toquei.

– E havia um homem escondido atrás dela... O sr. Trefusis?

– Sim.

– Como a senhora sabe?

Pela primeira vez a voz monótona que respondia a tudo perdeu sua confiança.

– Eu... eu... por causa do corta-papéis.

Poirot e o doutor trocaram novamente um olhar rápido.

– Não consigo entendê-la, *Lady* Astwell. Havia uma saliência na cortina, a senhora disse? Alguém estava escondido ali? A senhora não viu a pessoa?

– Não.

– A senhora pensou se tratar do sr. Trefusis pelo modo como antes ele segurara o corta-papéis?

– Sim.

– Mas o sr. Trefusis havia ido para a cama, não é verdade?

– Sim... sim, isso é verdade, ele tinha ido para o quarto.

– Então ele não poderia estar atrás das cortinas da janela?

– Não... não, claro que não, ele não estava ali.

– Ele havia dado boa noite a seu marido um pouco antes, certo?

– Sim.

– E a senhora não o viu novamente?

– Não.

Ela se agitava agora, debatia-se um pouco, gemendo baixinho.

– Ela está acordando do transe – disse o médico. – Bem, acho que conseguimos o máximo possível, não?

Poirot concordou com a cabeça. O médico se inclinou sobre *Lady* Astwell.

– A senhora está acordando – ele murmurou com suavidade. – A senhora está acordando agora. No próximo minuto abrirá os olhos.

Os dois homens esperaram e logo *Lady* Astwell se sentou ereta e encarou os dois.

– Eu estive cochilando?

– Sim, *Lady* Astwell, apenas um rápido cochilo – disse o médico.

Ela olhou para ele.

– Parte do seu numerozinho de mágica, hein?

– A senhora não se sente pior do que antes, espero? – ele perguntou.

Lady Astwell bocejou.

– Sinto-me mais cansada e esgotada.

O médico ficou de pé.

– Pedirei que lhe tragam um pouco de café – ele disse –, e com isso me retiro.

– Eu disse alguma coisa? – *Lady* Astwell perguntou após vê-los prestes a sair pela porta.

Poirot lhe sorriu de volta.

– Nada muito importante, madame. A senhora nos informou que as colchas da sala de estar precisam de limpeza.

– De fato – disse *Lady* Astwell. – Não precisavam me pôr em transe para fazer com que eu dissesse isto. – Ela riu bem-humorada. – Alguma coisa mais?

– A senhora se lembra de ver o sr. Trefusis apanhar o corta-papéis aquela noite na sala de estar? – perguntou Poirot.

– Não tenho certeza – disse *Lady* Astwell. – Talvez ele o tenha pego.

– Uma saliência na cortina lhe diz alguma coisa?

Lady Astwell franziu o cenho.

– Acho que me lembro de algo – ela disse devagar. – Não... se foi, ainda assim...

– Não se canse, *Lady* Astwell – disse rapidamente Poirot –, não tem nenhuma importância, nenhuma importância mesmo.

O doutor seguiu com Poirot para os aposentos do último.

– Bem – disse Cazalet –, creio que isso deixa as coisas perfeitamente claras. Nenhuma dúvida de que, quando *Sir* Reuben estava repreendendo o secretário, este agarrou com força o corta-papéis e teve que usar de uma boa dose de autocontrole para não responder. A esfera consciente da mente de *Lady* Astwell estava tomada por completo pelo problema de Lily Margrave, mas a subconsciente percebeu e fez uma interpretação errada da ação.

– Esta esfera lhe deu a firme convicção de que Trefusis assassinara *Sir* Reuben. Agora chegamos à saliência na cortina. Isto é interessante. Pelo que pude entender da descrição que você me fez da sala da Torre, a escrivaninha está junto à janela. Há cortinas na frente da janela, correto?

– Sim, *mon ami*, cortinas de veludo negro.

– E há espaço no vão da janela para que alguém pudesse se esconder ali?

– Creio que há um espaço exato para isso.

– Então há pelo menos uma possibilidade – disse o médico devagar – de que alguém estivesse escondido na sala, mas, se assim fosse, não poderia ser o secretário, já que ambos o viram sair da sala. Poderia ser Victor Astwell, pois Trefusis o viu sair, e não poderia ser Lily Margrave. Quem quer que estivesse ali, teria que ter entrado *antes* de *Sir* Reuben naquela noite. O senhor me fez um quadro perfeito de como as coisas estão. E o que me diz do capitão Naylor? Não poderia ser ele a pessoa escondida ali?

– É sempre possível – admitiu Poirot. – Ele jantou no hotel com certeza, mas depois de quanto tempo ele saiu é algo difícil de definir com exatidão. Ele retornou à meia-noite e meia.

– Então pode ter sido ele – disse o médico –, e, se era ele, temos o assassino. Ele tinha um motivo, e a arma do crime estava ao alcance da mão. Você não parece, contudo, satisfeito com a ideia, estou enganado?

– Eu tenho outras ideias – confessou Poirot. – Diga-me uma coisa, *Monsieur le Docteur*, supondo por um minuto que *Lady* Astwell tenha cometido esse crime, ela necessariamente revelaria esse fato sob hipnose?

O médico deixou escapar um silvo.

– Então é aí que quer chegar? *Lady* Astwell é a criminosa, hein? Claro, é possível. Não pensei nisso sequer um minuto. Ela foi a última a estar com ele, e ninguém o viu com vida depois disso. Quanto à sua pergunta, eu estaria inclinado a dizer que não. *Lady* Astwell poderia entrar em estado hipnótico com uma forte resolução mental quanto a não dizer nada sobre sua participação no crime. Poderia responder às minhas perguntas com sinceridade, mas ficaria calada em relação a esse ponto. De todo modo, eu dificilmente esperaria que ela fosse tão insistente quanto à culpa do sr. Trefusis.

– Compreendo – disse Poirot. – Mas não estou dizendo que acredito que *Lady* Astwell seja a criminosa. É apenas uma sugestão, nada além disso.

– É um caso interessante – disse o médico após alguns instantes. – Aceitando que Charles Leverson seja inocente, há inúmeras possibilidades, Humphrey Naylor, *Lady* Astwell e até mesmo Lily Margrave.

– Há outra que você não mencionou – disse Poirot calmamente –, Victor Astwell. De acordo com sua própria versão, ele estava sentado em seu quarto com a porta aberta, esperando o retorno de Charles Leverson, mas para esse álibi contamos apenas com as palavras dele, compreende?

– Ele é o sujeito com um temperamento terrível, não? – perguntou o médico. – Aquele de que você me falou?

– Esse mesmo – concordou Poirot.

O médico se pôs de pé.

– Bem, tenho que voltar para a cidade. Você me manterá a par do ocorrido, sim?

Depois que o médico se foi, Poirot fez soar a campainha de George.

– Uma xícara de chá, George. Meus nervos estão em frangalhos.

– Certamente, senhor – disse George. – Vou prepará-lo agora mesmo.

Dez minutos depois ele trouxe uma xícara fumegante para seu patrão. Poirot inalou com prazer o vapor de cheiro desagradável. Enquanto dava uns goles, começou um solilóquio em voz alta.

– A caçada é diferente em cada parte do mundo. Para pegar uma raposa você precisa lançar os cachorros e acompanhá-los. Você grita, corre, é uma questão de velocidade. Nunca cacei um veado, mas sei que para isso é preciso rastejar por um bom tempo, longas horas se arrastando sobre o próprio estômago. Meu amigo Hastings já me falou sobre isso. Nosso método aqui, George, não pode ser nenhum desses. Pensemos em um gato caseiro. Por longas e aborrecidas horas ele observa o buraco do rato, imóvel, não desperdiça energia, mas não abandona a empreitada.

Suspirou e depôs a xícara sobre o pires.

– Eu lhe pedi que fizesse uma mala para poucos dias. Amanhã, meu bom George, você irá a Londres e me trará o que for necessário para duas semanas.

– Muito bem, senhor – disse George. Como de costume, não deixou transparecer qualquer emoção.

A presença constante e sempre visível de Hercule Poirot em Mon Repos era inquietante para muitas pessoas. Victor Astwell reclamou disso à sua cunhada.

– Tudo bem, Nancy. Você não sabe como esses sujeitos são. Ele encontrou uma agradável pousada aqui, e é evidente que vai se instalar por cerca de um mês, com todo o conforto, cobrando-lhe uma fortuna de comissão enquanto isso.

Lady Astwell respondeu dizendo que podia cuidar de seus assuntos particulares sem qualquer interferência.

Lily Margrave tentava com empenho esconder sua perturbação. Antes, ela confiava plenamente que Poirot tivesse acreditado em sua versão. Agora já não tinha tanta certeza.

Poirot não participava da caça numa posição totalmente imóvel. No quinto dia de sua temporada, levou para a mesa de jantar um pequeno álbum para gravar impressões digitais. Como método de obter as digitais das pessoas da casa, parecia um recurso um pouco obtuso, mas não tão obtuso como podia parecer, já que assim ninguém ali poderia se recusar a fornecê-las. Somente depois que o homenzinho se recolheu foi que Victor Astwell externou sua opinião.

– Percebe o que isso significa, Nancy? Ele está atrás de um de nós.

– Não seja ridículo, Victor.

– Bem, que outro propósito teria esse albunzinho brilhante que ele trouxe?

– *Monsieur* Poirot sabe o que está fazendo – disse *Lady* Astwell complacentemente, e olhou de modo significativo para Owen Trefusis.

Em outra ocasião, Poirot introduziu a estratégia de recolher as pegadas de cada um numa folha de papel. Na manhã seguinte, utilizando-se de um caminhar felino até a biblioteca, o detetive surpreendeu Owen Trefusis, que deu um salto da cadeira como se tivesse sido baleado.

– Peço-lhe mil perdões, *Monsieur* Poirot – ele disse com recato –, mas o senhor nos deixa numa situação inquietante.

– É mesmo? Como você explica isso? – perguntou o homenzinho inocentemente.

– Preciso admitir – disse o secretário – que para mim as evidências contra Charles Leverson são extremamente convincentes. O senhor, aparentemente, não tem a mesma convicção.

Poirot estava parado, olhando para a janela. De súbito, voltou-se para o outro.

– Preciso lhe contar algo em caráter confidencial, *Monsieur* Trefusis.

– Sim?

Poirot parecia não ter pressa em começar. Esperou um minuto, hesitante. Quando falou, as primeiras palavras coincidiram com o abrir e fechar da porta da frente. Para um homem que falava confidencialmente, seu tom de voz era um tanto alto, abafando, inclusive, o som dos passos que vinham do saguão.

– O que lhe direi é segredo, sr. Trefusis. Trata-se de uma nova evidência, que vem provar que quando Charles Leverson entrou na sala da Torre naquela noite *Sir* Reuben já estava morto.

O secretário olhou-o fixamente.

– Mas que evidência? Por que não ouvimos nada a respeito disso?

– Os senhores *ouvirão* – disse o homenzinho de forma misteriosa. – Enquanto isso, somente nós dois saberemos do segredo.

Com rapidez ele deixou a sala, e quase colidiu com Victor Astwell no saguão.

– O senhor acaba de chegar, não é, *monsieur*?

Astwell assentiu.

– Um dia do cão lá fora – ele disse, respirando com dificuldade –, gelado e ventoso.

– Ah – disse Poirot –, então não darei minha caminhada hoje. Sabe, sou como um gato, eu me sento perto do fogo e me mantenho aquecido.

– *Ça marche*, George – ele disse naquela noite ao fiel empregado, esfregando as mãos enquanto falava –, eles estão ao alcance de minhas garras, basta o pulo! É difícil, George, fazer o papel do gato, o jogo da espera, mas ele dá resultados, sim, resultados incríveis. Amanhã obteremos o resultado.

No dia seguinte, Trefusis foi obrigado a ir à cidade. Tomou o mesmo trem que Victor Astwell. Mal haviam deixado a casa, Poirot foi como que tomado por uma febre de atividade.

– Vamos, George, vamos ao trabalho. Se a criada se aproximar destes quartos, é sua função atrasá-la. Diga-lhe umas gentilezas, George, e a mantenha no corredor.

Entrou primeiro no quarto do secretário e começou uma busca completa. Não deixou uma gaveta ou prateleira sem inspeção. Então colocou todas as coisas rapidamente no lugar e deu a busca por encerrada. George, que montava guarda na soleira da porta, deixou escapar um pigarro deferencial.

– Com licença, senhor?

– Sim, meu bom George?

– Os sapatos, senhor. Os dois pares de sapato marrons estão na segunda prateleira e os de verniz estão na de baixo. Ao recolocá-los no lugar o senhor trocou a ordem.

– Maravilha! – gritou Poirot, apertando as mãos. – Mas não nos incomodemos com isso. É coisa sem importância, posso lhe assegurar, George. *Monsieur* Trefusis jamais perceberá algo tão trivial.

– Como o senhor quiser – disse George.

– É sua função notar essas coisas – disse Poirot, dando um tapinha encorajador no ombro do outro. – Isso lhe dá credibilidade.

O empregado não respondeu, e quando, mais tarde naquele dia, o procedimento foi repetido no quarto de Victor Astwell, não fez nenhum comentário ao ver que as roupas de baixo do sr. Astwell não haviam sido acondicionadas no lugar devido. Todavia, no segundo caso ao menos, os acontecimentos mostraram que o empregado estava certo e Poirot errado. Naquela noite, Victor Astwell entrou na sala de estar bufando.

– Olhe aqui, seu maldito belga, seu nanico insolente, quem lhe deu o direito de vasculhar o meu quarto? Que diabos pensava encontrar por lá? Não aceitarei isso, compreende? É o que dá ter um espiãozinho de meia-tigela fuçando pela casa.

Poirot abriu os braços de maneira eloquente enquanto despejava palavra após palavra. Ofereceu centenas, milhares, milhões de desculpas. Ele havia sido desastrado, impertinente, estava confuso. Tomara uma liberdade indevida. No fim, o cavalheiro enfurecido foi forçado a ceder, embora não parasse de grunhir.

E ainda naquela noite, sorvendo seu chá, Poirot murmurou para George:

– As coisas estão andando, George, sim, estão andando.

– Sexta-feira – observou Poirot, pensativo –, meu dia de sorte.

– De fato, senhor.

– Por acaso você não é supersticioso, meu bom George?

– Prefiro não me sentar no décimo terceiro lugar de uma mesa, senhor, e evito passar debaixo de escadas. Quanto à sexta-feira, porém, não tenho superstição.

– Isso é bom – disse Poirot –, pois hoje travaremos nossa batalha de Waterloo.

– Sério, senhor?

– Você tem tanto entusiasmo, meu bom George, nem chegou a me perguntar o que pretendo fazer.

– E o que será, senhor?

– Hoje, George, farei a busca final na sala da Torre.

Realmente, depois do café da manhã, Poirot, com a permissão de *Lady* Astwell, foi até a cena do crime. Lá, em diversos períodos da manhã, os serviçais o viram engatinhando pelo chão, examinando minuciosamente o veludo negro das cortinas, subindo em cadeiras para inspecionar as molduras das pinturas nas paredes. Pela primeira vez, *Lady* Astwell revelou desconforto com a situação.

– Devo admitir – ela disse. – Ele finalmente está me dando nos nervos. Ele tem alguma carta escondida na manga, e não sei o que é. E o jeito como ele engatinha pelo chão lá na sala como se fosse um cachorro me faz ter arrepios dos pés à cabeça. O que ele está procurando? Gostaria de saber. Lily, minha cara, gostaria que você fosse até lá para ver o que ele está fazendo. Não, melhor não, prefiro que você fique aqui comigo.

– Permita-me que eu vá, *Lady* Astwell? – perguntou o secretário, erguendo-se da escrivaninha.

– Se puder me fazer a gentileza, sr. Trefusis.

Owen Trefusis deixou a peça e subiu as escadas em direção à sala da Torre. À primeira vista, pensou que a sala estivesse vazia; não havia, por certo, nenhum sinal de Hercule Poirot por ali. Ele acabava de dar meia-volta para descer quando um som chegou aos seus ouvidos: ele avistou o homenzinho na metade da escada em espiral que levava ao quarto acima.

Ele estava apoiado sobre as mãos e os joelhos; numa das mãos trazia uma pequena lente de aumento e através dela examinava com minúcia alguma coisa no madeiramento ao lado do tapete da escada.

Enquanto o secretário o observava, ele emitiu um súbito grunhido e enfiou a lente no bolso. Então se pôs de pé, segurando alguma coisa entre o polegar e o indicador. Naquele momento ele percebeu a presença do secretário.

– A-ha! *Monsieur* Trefusis, não o escutei entrar.

Era agora um homem diferente. O triunfo e a exultação brilhavam por toda sua face. Trefusis o encarou com surpresa.

– O que aconteceu, *Monsieur* Poirot? O senhor parece muito satisfeito.

O homenzinho inflou o peito.

– Sim, de fato. Veja, finalmente encontrei o que estava procurando desde o começo. Tenho aqui entre meus dedos a evidência necessária para condenar o criminoso.

– Então – disse o secretário erguendo as sobrancelhas –, não se trata de Charles Leverson?

– Não foi Charles Leverson – disse Poirot. – Até este momento, embora eu conhecesse o criminoso, ainda não tinha certeza de seu nome, mas por fim tudo se esclareceu.

Ele desceu as escadas e deu um tapinha no ombro do secretário.

– Sou obrigado a ir a Londres imediatamente. Fale com *Lady* Astwell por mim. Poderia pedir a ela que reúna todas as pessoas da casa na sala da Torre às nove horas? Estarei lá, então, e revelarei a verdade. Ah, olhe para mim, estou muito contente.

E rompeu numa pequena e fantástica dança, saindo da sala da Torre. Trefusis ficou ali, vendo-o sair.

Alguns minutos depois, Poirot apareceu na biblioteca, perguntando se alguém poderia fornecer-lhe uma caixinha de papelão.

– Infelizmente, não tenho nada parecido aqui comigo – ele explicou –, e tenho algo de grande valor que preciso guardar.

De uma das gavetas da escrivaninha Trefusis trouxe à luz uma pequena caixa, e Poirot se declarou encantado com isso.

Subiu correndo as escadas com sua arca do tesouro; encontrando George no patamar, alcançou-lhe a caixa.

– Há algo de extrema importância aí dentro – explicou. – Guarde-a, meu bom George, na segunda gaveta da minha cômoda, ao lado da caixinha de joias em que estão minhas abotoaduras de pérola.

– Muito bem, senhor – disse George.

– Não a danifique – disse Poirot. – Seja muito cuidadoso. Dentro dessa caixa há algo que porá a corda no pescoço de um criminoso.

– Não se preocupe, senhor – disse George.

Poirot desceu a escada às pressas e, apanhando o chapéu, deixou a casa a todo vapor.

Seu retorno se deu de forma menos ostentosa. O fiel George, de acordo com suas instruções, esperava-o na porta lateral.

– Estão todos na sala da Torre? – perguntou Poirot.

– Sim, senhor.

Ouvia-se o murmúrio de algumas palavras sendo trocadas, e então Poirot, com os triunfantes passos do vencedor, subiu até a sala onde o assassinato ocorrera havia menos de um mês. Seus olhos correram pela peça. Lá estavam todos: *Lady* Astwell, Victor Astwell, Lily Margrave, o secretário; e Parsons, o mordomo. O último estava rondando junto à porta, indeciso.

– George disse, senhor, que eu seria necessário por aqui. – Falou Parsons assim que Poirot apareceu. – Isso está correto, senhor?

– Perfeitamente – disse Poirot. – Permaneça, eu lhe peço.

Ele avançou para o meio da sala.

– Este foi um caso bastante interessante – disse, numa voz baixa e meditativa. – Interessante porque qualquer um aqui poderia ter cometido o crime. Quem herdará o dinheiro? Charles Leverson e *Lady* Astwell. Quem foi a última pessoa que esteve com ele? *Lady* Astwell. Quem discutiu com ele violentamente? *Lady* Astwell.

– Do que o senhor está falando? – gritou *Lady* Astwell. – Não estou entendendo, eu...

– Mas alguém mais discutiu com *Sir* Reuben – continuou Poirot, numa voz pensativa. – Mais alguém o deixou vermelho de raiva naquela noite. Supondo que *Lady* Astwell tenha deixado o marido vivo à meia-noite, haveria dez minutos até que o sr. Charles Leverson retornasse, dez minutos nos quais seria possível que alguém que estivesse no segundo andar descesse, fizesse o que tinha que fazer e retornasse para seu quarto.

Victor Astwell deu um salto e deixou escapar um grito.

– Mas que diabos...? – parou, sufocado na própria raiva.

– Num acesso de fúria, sr. Astwell, o senhor certa vez matou um homem na África Ocidental.

– Não posso acreditar – gritou Lily Margrave.

Ela se aproximou, as mãos contritas, duas marcas vermelhas e brilhantes nas faces.

– Não posso acreditar – repetiu a garota. Ela se aproximou de Victor Astwell.

– É verdade, Lily – disse Astwell –, mas tem coisas que este homem não sabe. O sujeito que eu matei era um curandeiro que acabara de massacrar quinze crianças. Creio que eu tinha uma justificativa para meu ato.

Lily se aproximou de Poirot.

– *Monsieur* Poirot – ela disse com afã –, o senhor está enganado. Não é porque um homem tem um temperamento exacerbado, porque tem um surto e então diz todo tipo de coisa que se pode acusá-lo de ter cometido um assassinato. Eu sei... *Eu sei* e posso lhe garantir que o sr. Astwell é incapaz de fazer uma coisa dessas.

Poirot olhou para Lily, com um sorriso extremamente curioso no rosto. Então tomou a mão dela entre as suas e a acariciou com gentileza.

– Veja só, *mademoiselle* – ele disse de modo brando –, a senhorita também tem lá as suas intuições. Então acredita no sr. Astwell, certo?

Lily falou em voz baixa:

– O sr. Astwell é um bom homem – ela disse – e é honesto. Ele não tem nada a ver com as falcatruas da companhia de mineração em Mpala. Ele é de uma bondade acima de qualquer prova, e... eu prometi me casar com ele.

Victor Astwell se aproximou dela e tomou-lhe a outra mão.

– Juro por Deus, *Monsieur* Poirot – ele disse –, juro que não matei o meu irmão.

– Sei que não foi o senhor – disse Poirot.

Seus olhos percorreram a sala.

– Escutem, meus amigos. Num transe hipnótico, *Lady* Astwell mencionou ter visto uma protuberância na cortina naquela noite.

Todos os olhares se dirigiram para a janela.

– O senhor está dizendo que havia um ladrão escondido ali? – exclamou Victor. – Mas que bela solução!

– Ah – disse Poirot com suavidade. – Mas não se trata *dessa* cortina.

Ele deu meia-volta e apontou para a cortina que escondia a pequena escada em espiral.

– *Sir* Reuben usara o quarto na noite anterior ao crime. Tomou café da manhã na cama, e recebeu o sr. Trefusis lá em cima para lhe passar as instruções. Não sei bem o que o sr. Trefusis esqueceu no quarto, mas esqueceu alguma coisa. Ao dar boa noite a *Sir* Reuben e *Lady* Astwell, ele se lembrou do que esquecera e subiu correndo as escadas para buscar. Não creio que nem a esposa nem o marido tenham notado seu movimento, pois os dois já estavam engajados numa violentíssima discussão. Eles estavam no meio dessa discussão quando o sr. Trefusis voltou a descer as escadas.

"As coisas que ambos diziam eram de natureza tão íntima e pessoal que o sr. Trefusis se viu numa posição bastante desconfortável. Estava claro para ele que os dois pensavam que ele tivesse saído da sala já há algum tempo. Temeroso de atrair a raiva de *Sir* Reuben contra si, ele decidiu ficar onde estava à espera de uma oportunidade para sair depois. Ele ficou atrás da cortina, e *Lady* Astwell quando deixou a sala subconscientemente notou o contorno dele.

"Depois que *Lady* Astwell saiu, Trefusis tentou escapar sem ser visto, mas *Sir* Reuben acabou virando a cabeça, tornando-se ciente da presença do secretário. Já tomado de mau humor, passou a agredir o seu secretário, acusando-o de estar deliberadamente espionando e escutando às escondidas.

"*Messieurs* e *mesdames*, sou um estudante de psicologia. Durante todo o caso estive procurando não por um homem ou mulher de mau temperamento, porque o mau temperamento é sua própria válvula de escape. Cão que ladra não morde. Não, eu procurava por um homem de bom temperamento, um homem que fosse paciente e que tivesse autocontrole, um homem que durante nove anos desempenhou o papel de oprimido. Não há tensão maior do que aquela que se estende por anos, não há ressentimento maior do que aquele que se acumula lentamente.

"Durante nove anos *Sir* Reuben maltratou seu amedrontado secretário, e por nove anos esse homem resistiu em silêncio. Mas chega um dia em que finalmente essa tensão chega ao seu ponto crítico. *Alguma coisa estala*! Foi o que ocorreu naquela noite. *Sir* Reuben voltou a se sentar na escrivaninha, mas o secretário, em vez de seguir humilde e obedientemente para a porta, pegou o pesado porrete de madeira e derrubou o homem que tanto o havia maltratado."

Ele se voltou para Trefusis, que o encarava como se estivesse petrificado.

– Seu álibi era extremamente simples. O sr. Astwell pensava que o senhor estivesse em seu quarto, mas *ninguém o viu ir até lá*. O senhor tentava escapar da sala, após ter golpeado *Sir* Reuben, quando ouviu um ruído e correu novamente para trás da cortina. Ali o senhor estava quando Charles Leverson entrou na sala, também estava ali quando Lily Margrave apareceu. Não levou muito tempo depois disso para que o senhor avançasse incólume até seu quarto, numa casa silenciosa. O senhor pretende negar?

Trefusis começou a balbuciar.

– Eu... eu nunca...

– Ah! Deixe-nos terminar. Durante duas semanas, então, passei representando esta comédia. Mostrei-lhe que a rede se aproximava lentamente do senhor. As impressões digitais, as pegadas, a busca em seu quarto e o reordenamento desajeitado de suas coisas. Fiz isso para lhe incutir terror, para mantê-lo acordado durante as noites, temeroso, perguntando-se: "Será que não deixei uma impressão ou uma pegada em algum lugar?"

"Muitas vezes o senhor revia os eventos daquela noite, sem conseguir deixar de se perguntar o que fizera, o que deixara de fazer, e então o conduzi ao estado em que o senhor cometeria um erro. Vi o medo aflorar em seus olhos quando apanhei alguma coisa na escada em que o senhor se escondera naquela noite. Então fiz uma grande exibição, com a caixinha, com o depósito em confiança a George, e depois, com a minha retirada."

Poirot se voltou na direção da porta.

– George?

– Estou aqui, senhor.

O empregado se aproximou.

– Pode dizer às damas e aos cavalheiros quais foram as minhas instruções?

– Eu deveria permanecer escondido dentro do guarda-roupa em seu quarto, senhor, após ter posto a caixa de papelão onde o senhor me ordenara. Às três e meia desta tarde, senhor, o sr. Trefusis entrou no quarto, foi até a cômoda e retirou a caixa em questão.

– E naquela caixa – continuou Poirot – estava um alfinete comum de gravata. Quanto a mim, sempre digo a verdade. Realmente apanhei alguma coisa na escada esta manhã. Há um dito inglês que dá conta disso, não? "Veja um alfinete e o apanhe, pois isso lhe trará boa sorte ao longo do dia." Para mim funcionou, tive boa sorte, descobri o assassino.

Ele se voltou para o secretário,

– Percebe? – ele disse suavemente. – *O senhor acabou se traindo.*

De repente, Trefusis desabou. Mergulhou numa poltrona a soluçar, o rosto enterrado entre as mãos.

– Eu estava louco – ele gemeu. – Eu estava louco. Mas, oh, Meu Deus, ele me maltratou e me molestou além de todo o limite suportável. Durante anos eu o odiei e abominei.

– Eu sabia! – gritou *Lady* Astwell.

Ela saltou para frente, o rosto irradiado por um triunfo feroz.

– Eu *sabia* que tinha sido ele.

Ela ficou ali, feroz e triunfante.

– E a senhora estava certa – disse Poirot. – Alguém pode chamar isso das mais variadas maneiras, mas o fato é o mesmo. Sua "intuição", *Lady* Astwell, se mostrou correta. Minhas felicitações.

Sobre a autora

Agatha Christie é a autora mais publicada de todos os tempos, superada apenas por Shakespeare e pela Bíblia. Em uma carreira que durou mais de cinquenta anos, escreveu 66 romances de mistério, 163 contos, dezenove peças, uma série de poemas, dois livros autobiográficos, além de seis romances sob o pseudônimo de Mary Westmacott. Dois dos personagens que criou, o engenhoso detetive belga Hercule Poirot e a irrepreensível e implacável Miss Jane Marple, tornaram-se mundialmente famosos. Os livros da autora venderam mais de dois bilhões de exemplares em inglês, e sua obra foi traduzida para mais de cinquenta línguas. Grande parte da sua produção literária foi adaptada com sucesso para o teatro, o cinema e a tevê. *A ratoeira*, de sua autoria, é a peça que mais tempo ficou em cartaz, desde sua estreia, em Londres, em 1952. A autora colecionou diversos prêmios ainda em vida, e sua obra conquistou uma imensa legião de fãs. Ela é a única escritora de mistério a alcançar também fama internacional como dramaturga e foi a primeira pessoa a ser homenageada com o Grandmaster Award, em 1954, concedido pela prestigiosa associação Mystery Writers of America. Em 1971, recebeu o título de Dama da Ordem do Império Britânico.

Agatha Mary Clarissa Miller nasceu em 15 de setembro de 1890 em Torquay, Inglaterra. Seu pai, Frederick, era um americano extrovertido que trabalhava como corretor da Bolsa, e sua mãe, Clara, era uma inglesa tímida. Agatha, a caçula de três irmãos, estudou basicamente em casa, com tutores. Também teve aulas de canto e piano, mas devido ao temperamento introvertido não seguiu carreira artística. O pai de Agatha morreu quando ela tinha onze anos, o que a aproximou da mãe, com quem fez várias viagens. A paixão por conhecer o mundo acompanharia a escritora até o final da vida.

Em 1912, Agatha conheceu Archibald Christie, seu primeiro esposo, um aviador. Eles se casaram na véspera do Natal de 1914 e tiveram uma única filha, Rosalind, em 1919. A carreira literária de Agatha – uma fã dos livros de suspense do escritor inglês Graham Greene – começou depois que sua irmã a desafiou a escrever um romance. Passaram-se alguns anos até que o primeiro livro da escritora fosse publicado. *O misterioso caso de Styles* (1920), escrito próximo ao fim da Primeira Guerra Mundial, teve uma boa acolhida da crítica. Nesse romance aconteceu a primeira aparição de Hercule Poirot, o detetive que estava destinado a se tornar o personagem mais popular da ficção policial desde Sherlock Holmes. Protagonista de 33 romances e mais de cinquenta contos da autora, o detetive belga foi o único personagem a ter o obituário publicado pelo *The New York Times.*

Em 1926, dois acontecimentos marcaram a vida de Agatha Christie: a sua mãe morreu, e Archie a deixou por outra mulher. É dessa época também um dos fatos mais nebulosos da biografia da autora: logo depois da separação, ela ficou desaparecida durante onze dias. Entre as hipóteses figuram um surto de amnésia, um choque nervoso e até uma grande jogada publicitária. Também em 1926, a autora escreveu sua obra-prima, *O assassinato de Roger Ackroyd.* Este foi seu primeiro livro a ser adaptado para o teatro – sob o nome *Álibi* – e a fazer um estrondoso sucesso nos teatros ingleses. Em 1927, Miss Marple estreou como personagem no conto "O Clube das Terças-Feiras".

Em uma de suas viagens ao Oriente Médio, Agatha

conheceu o arqueólogo Max Mallowan, com quem se casou em 1930. A escritora passou a acompanhar o marido em expedições arqueológicas e nessas viagens colheu material para seus livros, muitas vezes ambientados em cenários exóticos. Após uma carreira de sucesso, Agatha Christie morreu em 12 de janeiro de 1976.

IMPRESSÃO:

PALLOTTI
GRÁFICA

Santa Maria - RS | Fone: (55) 3220.4500
www.graficapallotti.com.br